NA CURVA DAS EMOÇÕES
JORGE MIGUEL MARINHO

Prêmio APCA (Associação Paulista dos Críticos de Arte)
Melhor Livro Juvenil 1990

FNLIJ - Fundação Nacional do Livro Infantil e Juvenil

Copyright © Jorge Miguel Marinho

Capa e Projeto Gráfico
Casa Rex

Revisão
Beatriz Crespo Dinis e Elisa Zanetti

Coordenação Editorial
Elisa Zanetti - Editora Biruta

2º edição - 2011

Primeira publicação por Editora Melhoramentos, 1986.

Dados Internacionais de Catalogação na Publicação (CIP)
(Câmara Brasileira do Livro, SP, Brasil)

Marinho, Jorge Miguel
Na Curva da Emoções / Jorge Miguel Marinho
– São Paulo : Biruta, 2005.

ISBN 978-85-88159-51-8
1. Literatura infantojuvenil I. Título.

05-7086   CDD028.5

Índices para catálogo sistemático:
1. Literatura infantojuvenil   028.5
2. Literatura juvenil   028.5

Edição em conformidade com o acordo ortográfico da língua portugues.a.

Todos os direitos desta edição reservados à
Editora Biruta Ltda.
Rua Coronel José Euzébio, 95 – Vila, casa 100-5
Higienópolis – Cep: 01239-030
São Paulo – SP Brasil
Tel (011) 3081-5739 Fax (011) 3081-5741
E-mail biruta@editorabiruta.com.br
Site: www.editorabiruta.com.br

A reprodução de qualquer parte desta obra é ilegal e configura uma
apropriação indevida dos direitos intelectuais e patrimoniais do autor.

*Para o Rui Portugal,
amigo e ator,
que faz a verdadeira história
com a solidariedade
e o trabalho das mãos.*

*"Liberdade é pouco.
O que desejo
ainda não tem nome."*
Clarice Lispector

Por isso estas histórias queriam
ser contadas por borboletas
saindo da crisálida, qualquer coisa
como um livro escrito com
o pólen das primeiras transgressões.

SUMÁRIO

O UMBIGO DE ISAURA 11
A LIBERTINAGEM DAS MÃES 35
O SEIO TATUADO DA MINHA AVÓ 51
AS BORBOLETAS COPULAM NO VOO 63
EROS DE LUTO 73
A REVELAÇÃO DE CLARICE LISPECTOR 93
AVISO ÀS BORBOLETAS 117
BIOGRAFIA DO AUTOR 121

O UMBIGO DE ISAURA

Mentir era o jeito mais correto que Isaura tinha encontrado para desarrumar aquele dia a dia chato de todos os dias. Aquilo que as pessoas chamavam de real.

Real...? Real tinha que ser o gosto mais profundo de uma fruta, não importando se ela fosse boa ou ruim. Uma guerra de formigas em busca de alimentos, uma galinha botando um ovo do tamanho do seu corpo, uma estrela caindo de ponta no centro de um jantar sem assunto e sem sal. Um cachorro que mordesse o seu dono de repente, num ato de mágoa e desespero, isto sim devia ser real. Um beijo distraído de duas pessoas estranhas que se encontram numa rua sem nome, também. Ou muito mais do que isto, uma despedida acontecendo quando alguém dá o último adeus na curva de uma esquina. Bem real também devia ser o grito de uma criança cortando pelo meio o escuro de um quarto. Ou um braço conduzindo outro braço numa cidade cheia de vielas ou num deserto sem fim. Coisas de verdade, coisa reais.

– ..., coisa coisa coisa ..., ...

Isaura adorava a palavra coisa. Dentro dela cabia tudo o que ela não alcançava com os olhos e de todas as sonoridades era o som mais real. Não é que ela passasse a entender melhor o mundo com a pronúncia redonda da palavra. Mas coisa funcionava como uma espécie de isca no anzol para fisgar o que havia dentro das coisas. A vida ficava ao menos mais próxima, mais tocável, quase-quase real. Toda a vez que se achava parada no mundo e se via sem futuro, tonta e flutuante, repetia "coisa coisa coisa" até sentir que estava pisando o concreto do chão.

Crianças morrendo de fome no Camboja bem no vídeo da televisão não deviam ser coisas de verdade e eram. A fome era uma coisa real. Mas o que não podia ser verdade mesmo era a vida continuando quieta em volta de uma mesa toda arrumada nos dias de domingo familiar. Era um ódio cordial demais. Que bom seria puxar a toalha numa catástrofe de louça, talheres e um frango cheio de farofa agonizando no colo da mãe. Que vontade de implodir todos os domingos universais.

A irmã seria sugada por uma cratera na sala

e sumiria com aquela maquiagem discreta, aquela boca imóvel sempre dizendo sim. A mãe entraria em pânico com tanta sujeira e cacos espalhados pela casa. Quem sabe ela até perdesse aquele costume horrível de lavar a carne com sabão. O pai levaria um susto, um enorme susto, e pela primeira vez na sua história deixaria um talher escapar da sua mão.

Mas ela não podia assumir assim uma guerra declarada contra tanta ordem e limpeza. Então o que sobrava para Isaura era a realidade de mentir:

– A empregada tirou uma mosca da sopa, depois olhou bem pra mosca e colocou a mosca dentro da sopa outra vez.

– É mentira...

– Não quer acreditar não acredita, mamãe. Mas eu vi.

– Imagine só se ela ia fazer uma coisa dessas! Ainda mais sabendo como eu sou...

– Pode até ser que ela não tenha feito, mas pensou. Foi quase, quase...

A vida de Isaura estava sempre por um quase. Ela quase mentia, quase puxava a toalha da mesa, quase tocava o real.

Ela era toda pela metade.

Os seios já surgiam como duas porções de mulher, mas as pernas eram de uma magreza implacável. Nunca ficavam paradas, pareciam duas formas nervosas de um esboço sem sedução. Tinha cabelos bem crespos que nunca chegavam a crescer. Isaura fazia cortes muito curtos, exageradamente curtos, revelando o gesto de quem poda de si uma parte ruim. Sobrava apenas o início de uma cabeleira felpuda, e igual a um boné que se usa por uma simples questão de desleixo.

– Eu sei muito bem que em casa todo mundo tem cabelo liso. Acontece que eu não sou filha desse meu pai. Minha mãe teve um caso com um árabe-saudita. Um daqueles de cabelo bem crespo, entendeu? Ela não quis ir embora com ele porque ele comia carne crua e ela morria de nojo. É só ela olhar pros meus cabelos que ela começa a lavar a carne com sabão.

– Como você mente, Isaura!

– Melhor você não acreditar mesmo. Dá de você sair por aí falando e ia dar uma bruta confusão lá em casa.

Ela não gostava dos cabelos, nem da cintura reta, nem dos lábios meio grossos que nunca conseguiam sorrir por inteiro.

Nada em Isaura era por inteiro.

Não era bonita nem feia. E esta fisionomia sempre por acontecer ia se tornando a cada dia uma irritação de natureza física e espiritual. Mais do que isto, uma irritação que vinha da raiz. Acontece que ela não se definia por fora e então passava o tempo apertando involuntariamente o umbigo em busca de uma emoção cheia de pele dentro daquele corpo em projeção. Esfolar o centro da vida era o seu gesto mais pleno de desejo, o seu cacoete existencial. Por isso o umbigo de Isaura vivia inflamado como o nó vermelho de uma bexiga pronta para explodir.

– Vou comprar uma bata bem comprida, da cabeça até os pés. Quero ver se eu consigo ficar toda por igual.

As pessoas mais íntimas de Isaura não podiam dizer que ela fosse eufórica ou depressiva. Nem mesmo melancólica. O seu mal mais primário consistia numa avidez muito parecida com a fome das crianças do Camboja. Não por alimentos, mas com a mesma cara imóvel, louca, real. Entrar para ganhar ou não essa guerra era a sua realidade de fato. Real.

É que Isaura vivia o ponto limiar de uma entrada inadiável para a adolescência. Ainda não tinha história, mas toda a sua individualidade pulsava para a vida como um oco com excesso de ar. Era desse oco que vinham as feições de menina assustada com um olhar quase-quase de mulher. Isaura gostava de olhar para o mundo e olhava tanto que chegava a encarar as pessoas com um brilho quase cruel. Parecia que os olhos eram a parte mais viva de um rosto sempre a meio caminho entre o espanto e o desafio. E dessa sua anatomia toda feita de quases ela olhava as coisas para ver.

– Por que você me olha assim, Isaura? Parece que quer me comer.

– Eu só estou querendo ver o que tem dentro do seu rosto.

Isaura tinha um umbigo sempre inflamado e um par de olhos aguçados, mas ainda não sabia pôr o pensamento no lugar. O seu entendimento do mundo vinha de uma percepção intuitiva das coisas que se multiplicavam em outras coisas e tudo se tornava uma vida suspensa no ar:
– ..., coisa coisa coisa ..., ...
Como era de natureza volátil, volta e meia tinha uma necessidade tão instintiva de sentir um chão que chegava a violentar o umbigo com a ponta das unhas. Ficava tomada por uma espécie de medo ancestral de entrar em estado gasoso, virar uma aragem ou uma nuvem de gelo sujeita à vontade do sol.
Viver era difícil demais – e quanto mais fincava a planta dos pés no chão, e o chão era sempre uma casa, mais se via como um bicho alado voando em espiral.
Nessas ocasiões abria mão de todas as enseadas e mergulhava num pequeno drama interior. Imaginava que tinha vindo ao mundo como ovo solitário, nascido da cópula de duas borboletas no ar e posto pelo acaso de um amor ou desamor na casca da árvore de um jardim. A casca dava uma sensação de casa que não tinha sido escolhida por ela. E escolher, ainda que o mundo fosse pouquinho de opções, era o seu impulso vital. Parecia o próprio sangue que corria dentro dela e ia crescendo em várias direções.
A casa de Isaura não podia ser uma casa boa

para ela – disso ela tinha quase certeza. Mesmo assim vivia em estado de procura. Percorria os seis cômodos, abria e fechava as portas querendo se ferir um pouco com aquela solidão. Às vezes parecia que quase ia encontrar alguma coisa, mas todas as coisas logo escapavam do seu olhar. Entendia por um instante que a sua moradia de dentro não conseguia habitar a moradia de fora, ali não era o seu lugar. Louças, tapetes, quadros e móveis dispostos simetricamente em uma casa que guardava uma frágil exatidão:

– Será que o que eu vejo existe mesmo? E o que será que as pessoas têm atrás? Que saco, olhar me cansa tanto. Acho que eu exagero demais. Mas se a casa é boa, por que ela não me deixa morar? Que se dane a casa com tudo que tiver dentro, aqui não tem uma coisa no lugar.

Já que não podia implodir a casa, Isaura vivia pisando e escorregando do chão. E para não ficar completamente despejada da vida, inventava uma arquitetura com telhados e paredes brancas no centro das constelações. Por um tempo a moradia errada ficava ofuscada pela cauda de um cometa azul. Mas chegava um dia em que o dia a dia ficava enorme e a construção talhada de branco despencava no chão. O pai continuava impassível com um garfo na mão. A irmã gaguejava, de acordo com a casa, mais um sim. A mãe lustrava com agonia uma dúzia de maçãs. A vida ficava imóvel e nem debaixo do colchão aparecia uma nuvenzinha azul:

– ..., coisa coisa coisa ..., ...

Mais uma vez ela estava diante da única porta possível da casa, melhor era agir:

– Eu vi a cara dele e posso até descrever. Era um homem imenso, com umas mãos enormes, e estava superassustado. Tinha uma pinta cheia de pelos em cima da boca e bem embaixo do nariz. Ele estava com uma camiseta amarela e chinelo de tira...

– Você esta me dizendo que um ladrão entrou aqui dentro de casa e não levou nada?

– Sei lá se era ladrão. Podia ser um louco, um tarado, não sei. Só deu tempo de me trancar no quarto e ouvir o vaso espatifando no chão. Acho que foi quando ele puxou a toalha da mesa antes de sair. Deve ter ficado furioso, não tem nada aqui.

– E você não chamou ninguém?

– E eu ia chamar quem? Hoje é domingo, não tinha quase ninguém aqui. E a vizinha do 53, você sabe papai..., ela desliga a campainha e tira toda a roupa para ficar sozinha com um jogador de basquete. Ele não vem sempre, não. Mas ela fica nua esperando ele chegar.

– Cala a boca, Isaura. Não mente, ela tem mais que sessenta anos.

– E daí?

Finalmente o pai perdia a pose e acabava virando um copo de cerveja com o golpe de um talher. Vitória, era a primeira vez que um talher voava da sua mão.

Outras vitórias vieram e Isaura continuou desarrumando a casa com histórias que não tinham mais fim. Certa vez a irmã chegou a entrar em estado de choque no ritmo convulsivo de uma palavra impossível no seu vocabulário:
– Não, não, não...
Isaura apenas imaginou a irmã urinando pela janela do quinto andar. A tarde estava parada dentro do dia e ela precisava inventar uma moça bonita molhando os passantes como uma princesa devassa que resolve sair do seu castelo interior. Imaginou e contou. Acabou ficando presa no quarto e esfolou o umbigo até aparecer uma bolha de sangue aguado. Isaura estava quase-quase para explodir:
– ..., coisa coisa coisa ..., ...
Como existia um quase entre ela e o que devia ser real, Isaura ainda passou um tempo se construindo para dentro. Mas agora ela queria o avesso do que tinha sido e parou de uma hora para outra de mentir. Se calou e o silêncio saindo dos olhos surgiu como a sua mais nova forma de comunicação. Olhava menos para as coisas, preferia ficar só. Parecia uma borboleta em estado de larva introspectiva que apenas sai do seu exílio em busca da planta-alimento, no caminho da flor. Que gosto teria o seu alimento? E qual seria a sua flor? Com a mesma fome das crianças do Camboja ela esperava que fossem coisas reais.

E foi numa espera cheia de busca que a primeira hora de Isaura chegou.

Acordou irritada e exausta, quase-quase...

Escovou os dentes sentindo uma pontada doída no umbigo, engoliu a pasta que espumava de saliva, não quis tomar café. Tinha pressa, muita pressa, uma urgência incontrolável de ir... E foi como se estivesse rompendo a segurança de um ovo para sair da sua fase de crisálida que ela abriu e bateu a porta numa corrida para o elevador. Apertou o botão ansiosa, tinha fome, sentia que ia fazer uma viagem de estômago vazio.

Térreo:

– ..., coisa coisa coisa..., ...

Primeiro andar, segundo andar:

– ..., coisa coisa coisa..., ...

Terceiro andar, quarto andar:

– ..., coisa coisa coisa..., ...

Quinto andar.

Puxou a porta com violência. Quase entrou num homem magro que usava óculos escuros e paletó. Ficou parada. Imaginou que estivesse prestes a receber uma sentença e, como última defesa, resolveu atacar:

– O senhor não olha por onde anda?

– Não. É o meu primeiro dia neste prédio. E pra gente se habituar, leva algum tempo. Mas você bem que podia diminuir o meu tempo pegando a minha bengala que caiu.

Primeiro Isaura olhou para a bengala jogada num canto. Depois foi aos poucos olhando o corpo do homem até encarar um rosto pálido que, por detrás dos óculos escuros, parecia ver Isaura quase na raiz.

Um cego...!

Abriu um pouco mais a porta, pronta para fugir, e não foi. Sentiu um vazio apertado no estômago como se estivesse cheia de fome diante de uma comida que não pode se comer. Parecia mesmo que a qualquer momento o umbigo ia se abrir. Olhou mais de frente para o homem com uma impressão estranha de que via o homem por trás. É..., pois tudo o que ele podia estar vendo nela não era visto com os olhos. Era com a boca, com os ouvidos, com as mãos que ele olhava as coisas, e as coisas olhadas por ele eram vistas com outro olhar. Aquela vida atraía e dava medo porque do escuro do corpo do homem vários olhos pareciam faiscar.

Isaura ficou sem nada – olhar nos olhos para pegar as coisas era a única arma que ela conhecia para viver. Por isso foi com o suor descendo pela espinha que ela entendeu que não eram os olhos dele que olhavam para ela mas o olhar dele que fazia Isaura se olhar.

Com a calma de quem já se habituou a esperar, ele abriu uma pequena fresta no silêncio:

– Você não vai pegar a minha bengala?

Isaura se inclinou para a bengala e a porta se fechou. O elevador começou a subir. Não se sentiu tão assustada, apenas experimentou uma liberdade sem referência, como se a qualquer momento fosse pisar um chão virgem. Um chão de verdade, real.

Olhou mais para o homem. Ele devia ter uns trinta anos, usava cabelos compridos e agora sorria para Isaura com a segurança de uma bengala na mão.

– Você tem um nome, não tem?
– Isaura. E o seu?
– Eu me chamo Pedro e nasci em Pedra Azul, lá nas Minas Gerais. Como você vê, eu sou todo feito de pedra. Posso cair à vontade que não quebro.
– Mas eu quase quebrei a sua bengala.
– Ela me ajuda muito, mas é só uma parte de mim.

O elevador parou no décimo andar e Isaura se apressou para abrir a porta.

– Eu moro aqui no 101. Vem me ver, Isaura.
– Não sei...

Quando o elevador ia se fechando, ela gritou:
– Você nunca viu o mundo, Pedro?
– Não. Mas fui descobrindo como ele é.
– E já sabe qual a cor das paredes do elevador?
– Ainda não.
– É azul. Azul, ouviu?
– Pensei que fosse cinza. Você demorou tanto pra encontrar a bengala.

À noite Isaura rolava na cama sem conseguir dormir. Não encontrava razão para a sua mentira. A cor das paredes era cinza. Cinza era a cor de verdade, real.

Demorou bastante para Isaura tocar a campainha do apartamento 101. Não tinha coragem. Subia e descia os andares numa eterna travessia de escadas que separavam o mundo dos dois. Chegava a ameaçar um dedo a alguns centímetros do botão. Ouvia a voz de Pedro falando sozinho e voltava do décimo para o quinto andar numa interminável peregrinação.

Ficar em frente do prédio também não adiantava. Estranho... Pedro não saía do apartamento nem para comprar pão. Talvez por isso fosse tão magro, duro como pedra. Do que ele tinha fome? Lembrou as crianças do Camboja:

– ..., coisa coisa coisa..., ...

Fez uma torta com recheio de palmito e finalmente bateu no apartamento 101. Pedro abriu a porta e apareceu sem óculos. Em frente daqueles olhos nublados como duas nuvens de água, Isaura se sentiu tão vista por ele que apenas estendeu as mãos. Pedro permaneceu imóvel e a travessa se espatifou no chão.

– Quebrei, agora que eu não queria, eu quebrei...

Isaura mordeu os lábios com uma vontade enorme de se punir. Parecia que diante de Pedro a vida dela estava condenada a cair.

Ele sorriu. Sorriu dela e dele, riu de ver e de não ver. Depois trouxe Isaura para dentro e começou a consertar o desastre como um perito em salvação. Separou os cacos, recolheu uns pedaços de torta, preparou um café. E nesse mundo em que ele caminhava sem bengala, os dois conversaram até a noite chegar:

— Como é que você pode ser um tradutor?

— Eu ouço as fitas num gravador e faço a tradução num outro.

— E depois?

— Uma amiga vem transcrever.

— E é bom esse trabalho?

— É. Mas eu gosto mais de escrever.

— O quê?

— Poemas que falem de mãos.

— Mãos de mulher?

— De todas as mãos que trabalham dia e noite e constroem tudo o que você pode ver, Isaura. Mãos que transformam em silêncio a matéria bruta de um país.

— Ah...

— Quer ouvir um?

— Acho que sim.

Isaura olhou as mãos de Pedro. Elas estavam com os dedos cruzados, calmas uma junto da outra, e assim, fazendo uma união circular, pareciam uma garganta cheia de palavras que tomava fôlego para voltar a cantar. Será que elas eram mãos de trabalhador?

Ele foi até um gravador, apertou um botão e Isaura ouviu a sua voz:

"A mão trabalha os dias
e tece a palha
e forja o ferro
e descasca o chão.
A mão funde e esculpe
o mundo
com objetos mudos
sem deixar digitais.
A mão é feita de rocha
não dorme e não chora
é quase insensível à dor.
A mão acorda
e adormece o corpo
e lava a ferida
e mede com a palma
um pedaço de pão.
A mão é tão solitária
mas dentro dela
grita uma flor.
Em punho
a mão guarda
e aguarda
a revolução dos jardins."

Permaneceram por um tempo em silêncio como se procurassem escutar os trabalhos das mãos. Isaura ficou surpresa – era a primeira vez que precisava fechar os olhos para ver. Sentiu que seu corpo todo queria ir para o corpo de Pedro e não sabia como fazer. Começou a ficar com fome e bebeu café, lambeu os lábios, mastigou nervosa um pedaço de pão. Estava quase para esfolar o umbigo quando se viu tocando os olhos de um cego e beijando a boca de um homem no mais completo estado de avidez. Ficou cheia de saliva. Havia uma umidade quente na barriga, nos seios, na planta dos pés. Não sabia bem o que estava acontecendo, era uma vontade diferente, uma fome de não comer depressa demais. Isaura sabia e não sabia, mas achou melhor ficar apenas sentindo que dentro de seu oco ia pulsando uma coisa de mulher.

Pedro pegou as mãos dela, dobrou os dedos, apertou a palma:

– Você tem mãos longas, Isaura. São mãos de fazer.

Ela desceu as escadas tocando de leve cada degrau. Não queria deixar escapar aquela coisa quase-quase real.

Outros poemas vieram em tardes sempre escondidas do jeito desconfiado da mãe. Como agora o pai viajava pelo nordeste a serviço de uma indústria farmacêutica em expansão, elas passaram a viver uma liberdade sem destino. Era como se três mulheres se conhecessem apenas por sinais e não soubessem o que fazer no convívio tão próximo de uma refeição. Para a irmã sobrava espaço, para Isaura faltava um talher. E a mãe não conseguia cortar a lasanha em pedacinhos iguais. De qualquer forma o dia a dia vinha de tão longe que a vida continuava existindo como uma regra local:

– Que negócio é esse de ficar subindo e descendo as escadas, Isaura?
– Eu preciso me movimentar. Sofro de calcificação nos joelhos. O médico da escola me falou.
– O quê?
– É isso mesmo. Dentro de mim tem um sal que vai pras juntas. Posso ficar atrofiada e morrer dura como uma pedra num sofá.
– Deixa o seu pai chegar.

Enquanto o pai não chegava, Isaura teve todo o tempo do mundo para trabalhar com as mãos. Mudou a disposição dos móveis do apartamento de Pedro e ele pôde caminhar melhor. Sofás num canto, a mesa com os gravadores no outro e o centro livre para a circulação. Arrumou também a cozinha, colocando os alimentos em potes e latas dos formatos mais diferentes. Bastava passar a mão para localizar o açúcar, o café, o sal.

Às vezes tinha vontade de beijar a boca de Pedro, um beijo mais úmido do que daquela vez. Por um momento sentia umas ondas no corpo, uma aflição meio que agradável entre as pernas, o umbigo latejando de dor e prazer. Mas não beijava porque não era bem isso o que ela queria. O que Isaura buscava mesmo era tocar o mundo com as mãos.

– Ouve este, Isaura:
"A mão caiu do corpo
foi decepada
por distração.

Agora a mão
exercita
um outro ofício –
o trabalho de jurar
todas as mãos."
– Para...
– Não gostou, Isaura?
– É triste.
– Mas é real.
– Real...?
– Eu tive um amigo que perdeu uma das mãos trabalhando.
– E é por isso que você escreve essas coisas?

Pedro não teve tempo para responder porque foi de repente que aconteceu. A chave girou por fora do apartamento e uma mulher pequena, com os cabelos presos no alto da cabeça, chegou sem nenhuma resistência. Entrou serena como uma chave que se encaixa no seu único lugar. Beijou a testa de Pedro, desarrumou com carinho os cabelos dele e observou sorrindo a nova disposição dos móveis.

Ele trouxe as mãos dela para os cabelos do peito e pareceu que tentava adormecer num ninho um pássaro morno e bom.

– Isaura, esta é a amiga que transcreve as minhas traduções.

Não podia ser só uma amiga. A mulher que chegava com uma chave devia ser muito mais. E não era apenas pela intimidade dos gestos, a carícia das palavras, a tranquilidade de andar e estender a mão para Isaura como uma borboleta que oferece uma asa cheia de paz. Ela era mais porque Pedro parecia ter feito uma pausa em tudo o que pudesse ser noturno dentro dele para apresentar a mulher que sabia transcrever as suas traduções. E transcrever traduções, dito daquele jeito, devia significar alguma coisa que alguém sabia fazer para tornar o outro uma coisa real.

Parou de magoar o umbigo e estendeu a mão para a mulher com medo de deixar a coisa que crescia dentro dela ainda maior.

– Como vai, Isaura?
– Sim...

Sim! Ficou assustada com a palavra que tinha escapado pela sua voz. Como é que ela podia dizer sim quando a sua vida era feita de não? Sim pertencia à linguagem da sua irmã e ela não devia pronunciar uma palavra daquelas diante de uma mulher que chegava para respirar com calma toda a atmosfera do apartamento 101. E por que tinha dito então? Talvez porque sim quisesse dizer "não posso suportar uma coisa quando ela é mais real do que eu".

Fugiu e levou a chave da porta com a sensação de que estava roubando uma parte de si.

Voltou para o quarto, construiu um novo casulo, resolveu hibernar. Agora esfolava menos o seu umbigo – esfregar uma mão na outra, o seu novo cacoete existencial.

Pedro estava lá em cima.

Era difícil não subir as escadas para se ver sendo vista por ele, escutar os poemas, arrumar uma casa onde a moradia de dentro sentia o conforto de morar. Não podia ocupar os espaços de fora porque o ciúme já estava habitando um pedaço grande do seu coração. E ciúme dentro da palavra coisa tinha se tornado uma palavra real.

Mas coisa era muito maior.

É verdade que tinha vontade de passar as mãos nele com a mesma segurança da mulher. Enfiar os dedos em todos os cabelos do corpo como quem vai desfazendo os nós de um tricô. E chegava a se sentir traída por não ter conseguido um beijo mais beijado depois de tanta arrumação. Nessas horas chamava Pedro de cego desgraçado, desejando que ele perdesse a voz no meio de uma gravação.

Mas uma coisa falava mais alto e repetia, como uma voz que vem do umbigo, que Pedro tinha dado a Isaura o que era possível dar. O olhar da vida e o trabalho incessante das mãos.

O tempo passou e certa manhã a casa acordou em clima de mudança. Toda a família se preparava para acompanhar o pai, que ia trabalhar como gerente numa filial do Ceará. Isaura não se incomodou muito, afinal o nordeste sempre tinha soado para ela com o sentido de terra real. E depois muita coisa podia acontecer. Ou não? Só olhando de perto para saber. Umas coisas podiam ser diferentes, outras iguais. Fácil era imaginar a mãe lavando peixe com sabão em pó, o pai colecionando as espinhas num canto do prato e a irmã sendo mordida, só no dedo mindinho, por um tubarão. E por que não? Era uma terra convulsiva, cheia de mar.

– Isaura, você vai fazer a gente perder o avião.

– ..., coisa coisa coisa..., ..., já vou.

Trancada no quarto, ela não conseguia sair. Fazia dias que tentava escrever uma carta para Pedro, mas as palavras não queriam acontecer. Ficava em frente do papel, esfolava o umbigo, esfregava as mãos. Queria deixar para ele uma coisa de verdade e não interessava se a coisa fosse boa ou ruim. Estava quase desistindo porque pareceu impossível pegar assim de repente qualquer coisa que fosse real.

Foi então que olhou para a janela e viu as mãos de diversos operários que erguiam quietos uma enorme construção. Era um prédio que ia roubando todo o sol da janela. Isaura sentiu que aqueles homens também podiam ser os trabalhadores que apareciam nos poemas de Pedro e imaginou que eles deviam ter rocha e flores nas palmas das mãos. Pegou a caneta e escreveu.

– Isaura, anda.

–..., coisa coisa coisa..., ...

Subiu as escadas correndo, pôs a chave na porta do apartamento 101 e entrou. Não tinha ninguém na sala, mas a porta do quarto estava escancarada demais, parecia sorrir. E de lá vinha um sussurro alegre como se dois pássaros estivessem brincando num ninho depois do amor.

Apertou o umbigo, amassou o papel na mão e quase puxou a toalha da mesa para quebrar ao menos um gravador. Sentiu que uma coisa crescia dentro dela e deixou dessa vez que tudo que estivesse dentro dela pudesse crescer. Invadiu o quarto e viveu a alegria calma e quase cruel de assustar só momentaneamente o amor.

– Isso é pra você, Pedro. E..., e eu acho que você é real...

Desarrumou os cabelos de Pedro, acariciou o peito dele puxando os pelos e saiu.

A mulher pegou o papel das mãos do amigo e leu:

"Não é o relógio
que marca as horas.
É a mão que trabalha
que faz o tempo.
Eu acredito
na revolução dos jardins."

Pedro foi até a janela e não pôde ver o carro que virava na esquina, mas sentiu que Isaura dobrava a primeira curva das emoções.

A LIBERTINAGEM DAS MÃES

Cristina era uma garota normal. Tinha Rh positivo, menstruava de 28 em 28 dias e, dependendo do pique da moda, usava ou não sutiã. Tinha dia que se pintava, tinha dia que não. Às vezes entrava numa de macrobiótica, caminhava cinco quilômetros por dia e dava uma de naturalista em clima de meditação. Depois voltava a comer x-salada com *bacon* na maior. Gostava de dançar, colecionava fotos de roqueiros e, é claro, curtia crises da paixão. Achava que um *down* de vez em quando até que pegava muito bem. Tudo numa boa, de leve, sem grandes encucações. O que ela transava era viver o momento. Nada de muito pra frente e nada de muito pra trás. Normal, sacou?

O seu quarto também era previsível. Três pares de tênis, pôsteres de heróis com cara de revolução e duas agendas do ano sem anotações. Ler, ela lia de tudo. Principalmente livros de simbologia das cores e biografias de artistas famosos que nunca que contavam aquelas transas mais pessoais.

Ela era assim, normal.

O único desastre na vida de Cristina foi levar bomba em Física. Primeiro chorou bastante, depois chegou à conclusão de que seu problema com a Física era um problema de química emocional:

– Eu nunca fui com a cara desse professor mesmo. É um negócio de pele, entendeu?

Resolveu tomar um porre de cerveja e lá pelas tantas acabou vomitando toda a matéria no uniforme. Chorou mais umas fórmulas, desmaiou um pouquinho e teve que tomar uma injeção de glicose no primeiro hospital. As amigas eram muito prestativas e Cristina voltou pra casa sem o menor sinal de embriaguez. Pensou em dar a notícia pra família mas não deu. Era barra. Já estava quase se mandando pra quitinete de uma amiga quando lembrou que mãe era mãe. Resolveu na hora levar um papo de mulher pra mulher.

Segunda-feira era o começo da vida e foi por isso que nesse dia a conversa de mãe e filha não aconteceu:

– Mamãe, eu preciso muito falar com você.
– Agora, minha filha?

— Já. É urgente.
— Mas a nova empregada acabou de chegar.
— E ela é mais importante do que eu?
— Com a nova constituição, é.

Terça-feira era dia de feira. E depois do meio-dia, bem na hora de barganhar as frutas e verduras, nem audiência com Deus:

— Será que agora você tem um minuto pra mim?
— Abre a geladeira e vê se tem alguma condição de diálogo. Não tem tomate, não tem ovo, não tem frango...
— Mas é um caso de vida ou morte, mãe!
— Então me deixa fazer a feira porque senão você não vai ter alternativa. Vai é morrer de fome mesmo.

Quarta-feira sim, quarta-feira não, no meio da noite e quase sempre no meio do mês, era hora de fazer amor. E se um filho bate na porta em tais condições, o que é que uma mãe pode fazer? Agir com maior objetividade, é claro:

— Mamãe, você já está dormindo?
— Estou.

Quinta-feira era dia de limpeza, que ia dos quartos até a quinta hélice do exaustor. Não sobrava tempo nem pra dar uma olhada nas manchetes do jornal:

— Agora não, minha filha. A única coisa que eu quero nesse mundo é um banho.
— Mas eu é que estou me sentindo suja.

– Suja!

– É. Aqui na cabeça, ó.

– Deixa de besteira, menina. Suja está a sua cara com esse batom.

Sexta-feira era dia de fazer compras, ir ao cabeleireiro, pagar as contas e arrumar todas as brechas da vida pra todo mundo passar o fim de semana no bem-bom:

– Depois, depois.

Sábado era um dia tão cheio de nada que ninguém tinha tempo pra nada que não fosse correr:

– Fica quieta e me ajuda a pôr a mesa.

– Mas eu preciso falar...

– São quatro horas da tarde Cristina. E ninguém comeu.

Mas domingo..., ah, o domingo era um dia sagrado. É verdade que no duro mesmo a família não seguia nenhum credo. Mas tudo corria em clima de ritual. Todos tentavam se ouvir, umas duplas chegavam a se abraçar e o lar unido passava meio que sem graça a manteiga de mão em mão. O pai batia uma bola com os filhos, a mãe recebia flores e até o avô aparecia às vezes pra tomar caipirinha de vodca como se bebesse o néctar de uma secretíssima iniciação:

– ...

Quando o domingo já tinha virado dia besta, igual boca aberta e mosca cabeceando o ar, mãe e filha se sentaram frente a frente nos dois sofás. Os

meninos tinham saído, o pai dormia com uma congestão de macarronada e a casa estava tão espaçosa que nenhuma das duas encontrava jeito de começar. A mãe disfarçou, mudou pra cá e pra lá a arrumação das almofadas, deu de rir sem motivo. A filha entrou num tal de pigarrear que parecia ter um osso de galinha travado no gogó. Pra acabar com aquele ar abafado a mãe arriscou um convite:
— Quer um cigarro, Cristina?
— E eu fumo, mãe?
— É mesmo. Eu também não.
Como era difícil conversar com uma filha, precisava ficar à vontade, se soltar. Estendeu o corpo no sofá, esparramou-se, abriu as pernas tentando mostrar certo despudor. Não deu certo, ficou sumariamente com a cara de marmanjona sapeca dando uma de libertinosa meio abobada. A filha não entendeu, foi ficando assustada, travou o pigarro de uma vez. Mesmo assim a mãe continuou. Soltou os cabelos, atirou os chinelos no meio da sala e tentou ganhar a filha com um ridículo tom de camaradagem:
— Vamos encarar uma loiruda, Cris?
— O quê?
— Uma cervejinha, filha?
Não deu outra. A filha sentiu o gosto do porre de uma tacada e correu engulhando pro banheiro porque o estômago entrou de repente em convulsão. A mãe se levantou de um salto e ficou paralisada como uma borboleta espetada num qua-

dro. Pressentiu no ato que naquele mato tinha era coelho, sim senhor. E foi juntando as pontas da semana até chegar a uma triste conclusão:

"... na segunda era um caso de urgência. Na terça já era uma questão de vida ou morte... Na quarta ela me bate na porta e eu...? Na quinta ela se sentia suja, largada. Coitadinha, parecia um anjo que despenca do altar... Na sexta o desespero era total e eu...? E no sábado! No sábado ela nem falava mais. E eu preocupada com o almoço! Como é que eu pude, meu Deus? Pobre da minha filha, agora não tem mais jeito, aconteceu o pior..."

A mãe começou a transpirar nas mãos e nas nádegas mas tentou segurar. Pra ter o que fazer, prendeu os cabelos, calçou os chinelos, sentou bem ereta no sofá. Queria demais conversar com a filha e a menina nunca que voltava mais. Pois é, coração materno também tem seus limites e, quando a filha voltou, a mãe já estava furiosa com tanta safadeza e perdição:

– Senta e fala, Cristina.
– É difícil começar...
– Começar o quê? Você já fez o que tinha que fazer.
– Mas foi só um problema de Física, mamãe...
– Descarada.
– Mas foi só isso, o resto eu dei conta. É que aqueles sinais todos que ele fazia me deixavam pirada. Eu não tive culpa, foi a maldita Física.

– Não seja cínica que eu te meto a mão na cara. Safadeza eu não admito. Por acaso você está querendo me dizer que não teve nenhum afeto?

– Afeto? Eu quero mais é que ele morra.

– Então ele te violentou...

– Bom...

– Não fala, não fala... Me poupe da sua depravação...

Cristina começou a chorar sinceramente. E a mãe correu pro telefone buscando ajuda da mãe mais próxima do seu cotidiano familiar:

– Laura, a Cristina se perdeu.

– E você já telefonou pra polícia?

– Pra quê?

– Sei lá. Eu sei que você não tem dinheiro. Mas sequestro é uma coisa imprevisível hoje em dia.

– Não é isso. A Cristina se estragou.

– Não entendi...

– Perdeu a virgindade, Laura. Como você é burra. Um cara deu um malho nela, entendeu?

– Calma, calma. Você precisa ter bastante calma.

– E foi sem amor, Laura. Você imagina uma coisa dessas? Foi uma coisa física, ela confessou....

– Melhor assim.

– Como?

– É, ela é quase uma menina... Escuta, minha amiga. Eu já passei por isso. Você não pode piorar a situação agora, precisa ser natural, senão ela vai se sentir rejeitada. Isso é que não pode acontecer. E afinal de contas a juventude de hoje... Você sabe como eles são...

– Mas o que que eu faço?

– Conversa com ela, oras. Mostra que a vida é assim mesmo, ela não é a única. Quer um conselho? Fala de você.

– De mim? E eu vou falar o quê?

– Se você não tem assunto, inventa. Mas não vai me deixar a menina traumatizada. Filhos, minha amiga, a gente só tem uma vez.

– Mas eu tenho uma vida tão simples.

– O importante é ser natural.

A mãe voltou para a sala e a primeira coisa que fez foi fechar as janelas. Sorria fingindo estar calma, mas não conseguia tirar da cabeça que a filha podia a qualquer momento se atirar do 13º andar. Tentou dar uma piscada marota pra menina relaxar e saiu uma careta nervosa como se ela estivesse sofrendo um estranho mal-estar. Depois foi caminhando levemente, quase na ponta dos pés. Chegou até a filha e deu um tapinha nas costas da garota que pareceu o primeiro sinal de uma louca pronta para atacar. Ela tinha que ser natural:

– Você, hein, menina? Conta pra mamãe, conta. Foi a primeira vez?

– Como é que você pode me perguntar uma coisa dessas? Você perdeu a cabeça, mamãe? É claro que foi...

– Calma, meu amor. É que a mamãe tem

estado muito ocupada. Que idiota que eu sou, é claro que foi a primeira vez. Senão você tinha me contado, não é?

— Mamãe, você está me deixando confusa...

— Não, não, não, minha filha. Isto é uma coisa muito natural, acontece com todo mundo.

A filha se tranquilizou, afinal a mãe compreendia que aquilo era natural:

— Quando você estudava, aconteceu também, mamãe? Você também tomou pau?

A mãe armou uma bofetada. Lembrou a tempo o conselho da amiga e ficou com a mão parada no ar. Tinha que ser natural:

— Modere a sua linguagem, Cristina. Está certo que uma conversa de mulher pra mulher é uma coisa muito natural entre mãe e filha. Mas tem jeito pra se falar.

— É meu jeito de falar, mãe. Mas conta, tomou ou não tomou?

— Tomei, pronto. Tomei. Eu ainda não conhecia o seu pai.

— E daí? Se você conhecesse o papai, ia ser diferente? Ele era bom de Física, é?

— Sei lá, menina. Mas no meu tempo as coisas eram diferentes, tinha sentimento, a gente não ia entregando os pontos assim. Sabe, Cris, o que me magoa é que você não se deu ao respeito de fazer as coisas com amor. Fraquejar é humano, eu sei. Mas você bem que podia contar o que estava acontecendo no colégio. Ah, Cristina, você errou com os seus pais.

A filha rangeu os dentes, sentiu um remorso profundo e ameaçou se levantar. A mãe olhou em estado de pânico pra janela e socou a garota no sofá. Entendeu que estava exagerando, não podia esquecer que era a primeira vez. E pensando bem, a menina devia estar sob o efeito do choque e, assim traumatizada, podia até se matar. Sai, pensamento ruim! Sentiu um arrepio gelado na espinha, mas naquela hora ela precisava ser forte, viver o sentido mais profundo da maternidade, ficar bem natural. E depois o que tinha acontecido não era nenhuma aberração. A sua filha estava sã e salva dentro de casa. E lá fora, do outro lado do mundo, a vida era só catástrofes, epidemias, desastres aéreos, inflação. Tinha tanta fome, crianças morrendo no mais completo abandono, pais de família sem emprego e um bando de corruptos fazendo propaganda do governo na televisão. Com tanta desgraça espalhada, aquilo era uma coisinha à toa, não passava de um escorregão. Escorregão, não! Tinha sido um deslize, um pequeno deslize e ponto final.

Cruzou as pernas, soltou novamente os cabelos e fez uma pose de mulher bem liberada, e decidiu contar uns segredinhos de alcova que estavam guardados a sete chaves num baú. E se uma boa conversa não desse resultado, ela dava uma de Lucrécia Bórgia, Dona Beija, Madame Bovary.

Cultura era para aquelas situações também.
– Mamãe, eu estou tão arrependida.
– Não diga isso, minha filha. Arrependida de quê? Numa época em que tudo é resolvido pelo raio laser, virgindade é caretice. São outros tempos, garota. Ergue a cabeça que agora você é uma mulher.

O pigarro da filha virou tosse em avalanche e a menina foi entrando numa espécie de sufocação tão acelerada que quase perdeu a cor. Gaguejou qualquer coisa confusa, mas a mãe estava virada pra parede e com o firme propósito de ser natural:

– A juventude de hoje é..., é atirada. É isso aí, sabe muito bem o que quer. Pintou uma transa... Não é assim que vocês falam? Pois então, pintou, vocês transam numa boa e acabou. Liberdade pras borboletas, foi isto que um poeta falou. Se não foi um poeta, é nome de um filme. Mas eu tenho certeza que já ouvi em algum lugar. É isso, liberdade. Essa é a palavra da sua geração. Não tem nada de anormal nisso, minha filha. Muito pelo contrário. A diferença é que antigamente as moças tinham um pouco mais de verniz. Mas bem que a gente adorava entrar num Puma e subir a Serra da Cantareira pra levar uns amassos. Você sabe o que é um Puma, Cris? É um carro igual a uma baratinha onde a gente fica tão apertada que se sente como um bauru na torradeira. Um dia um rapaz me espremeu tanto que eu urinei no estofamento novinho do carro.

A mãe notou que a filha estava retesada, com as mãos entre as pernas, transpirando na testa e no nariz. Estava confirmado, a experiência da filha tinha sido uma violência de natureza física e psicológica. E ela precisava ser mais natural, solta, vulgar mesmo. Arriscou uma gargalhada que resultou num grito esganiçado. Ficou toda atrapalhada e aumentou a dose das confissões:

– Você imagina quantas vezes a mamãe já tinha feito amor na sua idade? Imagina...? Imagina, hein...?

Ergueu a mão direita e apontou os três dedos centrais:

– Três, ó! Três...

A paralisia da filha mostrava que a confissão não tinha surtido grande efeito e a mãe espalmou a mão de uma vez:

– Três vezes, não. Acho que foram cinco. É, cinco ou mais... A gente frequentava tanto aqueles *drives* que eu nem sei. E depois não tem quem aguente, não é mesmo, minha filha? Pra se coçar e se esfregar, é só começar. Como se dizia no meu tempo, era ferro na boneca.

– Mããããeee!

– E você pensa que eu não tenho as minhas fantasias até hoje, é? Tenho sim. Está certo que eu sou muito bem casada com o seu pai, mas a sensibilidade das mulheres é diferente. Nós somos mais românticas, mais tchans. Não adianta dizer que não... Você sabe, minha filha, tem hora que dá vontade de tirar a roupa e sair montada num cavalo passeando por aí. À noite, é claro, mas eu tenho. Tem vez que eu me vejo andando descalça e de camisola pelo deserto. De repente eu encontro um marroquino igual àqueles passistas de escola de samba. Ele rasga a barra da minha camisola, me agarra e morde a ponta dos meus pés. Que coisa mais excitante um homem que sabe morder os pés de uma mulher. Você sabe que um dia eu estava no elevador e...

– Mamãe, você está esquisita.

A mãe se deu conta do exagero e caiu como um redemoinho no centro de si:

– Qualé, hein, Cristina? Você está me criticando é?

– Não, é claro que não. É que eu estou pasma com essa história toda.

– Como pasma? Você vem me contar que deu um passo errado na vida e agora me diz que está pasma. Quer dar uma de santinha, é! Pois fique a senhora sabendo que eu só estava querendo te mostrar que essas coisas são muito naturais, entendeu...?

– É que eu só queria te contar que eu fui reprovada em Física. Mas você foi dizendo tanta coisa que eu agora estou confusa demais.

– Ai, meu Deus... Não.

– Mãe, eu ainda sou virgem. Será que na minha idade é normal?

A mãe não teve coragem nem de olhar pra cara da filha. Correu pro telefone procurando desesperada a segunda mãe mais próxima do seu cotidiano familiar.

O SEIO TATUADO DA MINHA AVÓ

Naquela noite a minha avó pediu pra eu apagar a luz, nem me toquei. Fiquei bundando de um lado pro outro na pior. É que eu tinha saído com a turma, estava meio tonto de beber chope, e me enche o saco jogar boliche e ficar brigando com a Sueli. A vovó passou a noite sem fechar o olho, depois ela me contou. Estava abafado, não sei se foi o calor, pode ser que tenha sido a luz. Mas pensando bem, acho que não tinha chegado a hora da minha avó dormir.

Ela estava velha e doente, a cabeça toda branca, magra que nem se aguentava em pé. Passava o dia na cama, falar quase não falava, e era o maior sufoco pra ela comer. O meu pai estava gastando uma grana lascada. A minha mãe nem tinha tempo de cuidar da casa. E a minha irmã não queria ficar sozinha com ela de jeito nenhum. Vai que a vovó morria de uma hora pra outra e ela, bobona como é até hoje, nem ia saber o que fazer. A gente não queria, não queria mesmo, mas às vezes dava até uma vontade que a minha avó se apagasse com a luz.

Mas a vontade da vovó era maior do que aquela vontade que vinha e não vinha de cada um.

Acordei no outro dia com medo, enfiei a cabeça debaixo do lençol. Queria mais era ficar roçando a cama, não tinha coragem de sair de casa pra ir trabalhar. Mas não era só ressaca não. Eu não tinha era peito pra me levantar.

Acontece que fazia uma semana que eu trabalhava no banco e o pessoal tinha decidido fazer uma greve geral. Que saco! Era a primeira vez que eu era caixa, achava um barato ficar atendendo o público, estava ganhando muito mais que *office boy*. Eu mesmo não tinha nada que reclamar. E depois eu curtia uma de ficar sendo olhado pelos outros, era carimbar-registrar-pagar-receber. Que barato liberar a vez do próximo, comandar uma fila que ficava esperando o meu sinal.

Minha mãe me chamou, eu desbaratinei. Já vou, não vou – o que eu queria mesmo era ficar dormindo com a Sueli. Que cacete. Eu já estava com a maior intimidade com a registradora, passava gel no cabelo e era aquela moral.

E se eu fosse despedido? Quem ia pagar a faculdade? E com que cara eu ia falar pro meu pai?

Mas ir pro trabalho eu não podia, entrar no banco nem pensar. E como é que eu ia fazer piquete em frente do banco se eu não tinha um grampeador? Sei lá por quê, eu achava que piquete era colocar nas pessoas um crachá. Resolvi virar pro outro lado e fiquei sonhando com a Sueli. Pra todos os efeitos, e não era nenhuma embromação, eu estava muito doente. Na pior.

Dormi até depois do meio dia, levantei pra mijar. Nunca mais eu ia beber tanto chope, que dor no canal.

Eu estava sentindo aquele alívio de despejar uma tremedeira na privada quando ouvi uma voz de homem no quarto da minha avó. Abri a porta e fiquei de bobeira, não tive cara nem pra recuar. Minha avó estava de pé, com a camisola aberta, sorrindo e mostrando os peitos prum velho completamente gagá. Parecia uma louca apontando no seio uma tatuagem de uma borboleta vermelha e azul.

Não dava outra, a vovó estava pirada, a gente tinha mesmo que internar. Que velha mais depravada, está morrendo e ainda pensa em sacanagem com o primeiro coroa que me aparece aqui. Não era à toa que ela tinha fugido pra Itália, logo depois que o meu pai tinha nascido. E o meu avô, coitado do velho, é que teve que ficar cuidando de quatro filhos sem mulher. A velha não era só uma galinha, a velha era do peru.

Fiquei com nojo. Arrotei chope com cheiro de mijo, o estômago embrulhou. Os dois nem se tocaram comigo, pareciam dois sacanas num motel. Ah, se meu avô estivesse vivo. Dava um tiro naquele coroa e dois tiros na cara da minha avó. Eu bem que podia fazer uma zona com eles, mas ele era muito velho e ela era a minha avó.

Ela arrumou a camisola, beijou o velho na testa e sentou na cama quase caindo. Ele deu um jeito no travesseiro, esticou o lençol, segurou as mãos da minha avó. Achei melhor ir me arrancando logo dali.

– Vem aqui conhecer meu amigo, Pedro.
– Eu vou chamar a mãe.
– Deixe de ser besta, garoto. A sua mãe você vê toda hora e o Pietro é só dessa vez.
– Foi com ele que você fugiu pra Itália?
– Eu nunca fugi de nada, seu borra-botas. E respeita o meu amigo ou eu te meto a mão.
– Respeitar por quê?
– Porque o Pietro foi o melhor amigo que me aconteceu.

Pietro e Pedro, Pedro e Pietro, que piração!

Ele olhou pra mim e parecia que eu era um conhecido dele. Eu olhei pra ele e senti que os braços dele estavam abertos pra mim. Era o riso dele, um riso de camarada que me fazia bem. Queria ficar com bronca, mas já não dava mais – ele chegou bem perto, mediu o meu tamanho, me rodeou com cara de gozação. Depois me deu o maior susto quando me puxou pelas orelhas e me beijou:

– Você também é anarquista?

Fiquei sem ação e só consegui lembrar o livro de Zélia Gattai:

– Graças a Deus.

Saí, tomei café duas vezes, não contei nada pra ninguém. Quando eu voltei pro quarto, a minha avó estava dormindo e o velho tinha deixado uma fotografia dele. Esperei sentado a vovó acordar.

– Quem é ele, vó?

Ela baixou a cabeça como uma luz que se afunda lá no passado e começou a falar:

– ... você não sabe nada de mim. Ah, seu borra-botas, você ainda não conhece a sua avó. Acho que na sua cabeça eu sou apenas uma mulher que foi embora e demorou muito tempo pra voltar. E talvez eu seja só isso mesmo, uma mulher que vai e volta atrás de uma ideia fixa. Mas pelo menos uma certeza eu tenho. A certeza que toda a verdade é sempre um pedaço de outra coisa e que o trabalho mais digno do homem é refazer a vida até o fim. Pra levar isso adiante, é preciso abrir mão de muita coisa, foi assim que eu vivi. É isso que estou fazendo com você agora. Estou tentando não morrer porque ainda não conversei com você. E a única garantia que eu tenho é a metade de uma verdade, nunca vou ter a certeza se você me entendeu.

– Não fica falando sozinha, vó!

– Eu estou falando com você, seu borra-botas. Preste atenção e não acredite em tudo que eu falo. Eu estou dizendo que eu tenho o Pietro, que eu tenho você e eu não tenho nada senão a metade de uma verdade. Não há nenhum mistério nisso, garoto. É viver.

– E daí?

– Quando eu era pequena, menina mesmo, eu perguntava por que havia gente pobre e gente rica. Mas cada um me dava uma resposta diferente e eu decidi que o melhor era eu procurar sozinha. É isso que você deve fazer.

– Mas quem é ele, vó?

– Eu conheci o Pietro em 1934 numa passeata na praça da Sé. Você sabe o que é fascismo, não sabe? Se não sabe, trate logo de aprender porque ele ainda não acabou. Eu, que não era uma borra-botas como você, já entendia que tudo o que tirava a vida dos outros tinha que morrer. E imaginava o mundo como um grande jardim onde todas as plantas pudessem crescer por igual. Pensa que sua avó foi sempre assim? Uma velha que não consegue mais parar em pé. Não, seu borra-botas. Eu militava nos sindicatos e estava ali numa frente única pra combater a estupidez humana. O fascismo, é. Naquele tempo eles se chamavam integralistas, hoje têm outros nomes, é só ler os jornais. Nós estávamos de um lado, eles estavam do outro e a cavalaria ficou no meio, que é sempre o lugar deles. De repente gritaram "atirem" e eu comecei a caminhar. Houve um tiroteio, as balas passavam por cima das nossas cabeças, a fumaça foi tomando conta do ar. Caí no chão, pisaram nas minhas costas, acho que desmaiei. Foi nessa hora que o Pietro apareceu na minha vida pela primeira vez. Foi logo me puxando pelo braço e gritando: "Levanta, moça. Tem uma borboleta no seu peito e você precisa salvar". Achei que ele era maluco, pensei até que ele fosse da tropa, implorei pra parar. Mas ele insistia que ninguém tinha o direito de deixar morrer uma borboleta que tinha pressa de voar. Corri e continuei ouvindo a voz dele atrás de mim: "Pensa na borboleta e vai". Apertei o peito, senti uma asa pulsando, perdi os sentidos e caí. Acordei no colo do Pietro dentro da catedral. Foi isso – quando eu me dei conta que acreditava na liberdade das borboletas, o Pietro já vivia dentro e fora de mim. Um dia nós nos amamos tanto que ele tatuou essa borboleta no meu seio. Depois ele foi militando por um lado, eu fui militando por outro e a tatuagem está até hoje aqui.

– E por que você não se casou com ele?

– Você não entende o que é uma tatuagem mesmo? Ah, seu borra-botas, uma tatuagem é uma ideia fixa. Ela gruda na gente, não tem jeito de se livrar. E eu não precisava me casar com ele, nós nos casamos com a vida.

— Por isso você foi embora?

— Não. Antes disso eu fui olhando pro mundo e vi que Deus não estava dividindo o mundo em partes iguais. Uma ocasião eu trabalhei numa fábrica de velas e percebi que elas acendiam demais para um lado e deixavam o outro lado num escuro total. Como era eu que contava a produção das operárias, resolvi corrigir esse erro de soma e subtração. Calculei o número de caixas a que cada trabalhadora tinha direito e passei a marcar na ficha de cada uma. Mas os donos das fábricas descobrem logo quando as velas não estão acendendo pro lado deles e eles trataram de me colocar depressa no banco dos réus.

— E depois?

— Fui condenada a dois anos de prisão e o seu avô nem veio me ver. Mas o Pietro apareceu, ele sempre aparece quando a vida quer me prender. E isso não tem nada a ver com o que você pensa, seu borra-botas. É que a borboleta tatuada no meu peito está tatuada nele também. Sabe o que eu disse quando o juiz me perguntou se eu tinha alguma coisa a declarar? Eu gritei que tinha uma ideia fixa no peito e aquela tatuagem ninguém podia me tirar. E o Pietro berrou lá do fundo pra eu mostrar a minha borboleta tatuada pra eles que ele mostrava a tatuagem dele também. Eu abri a blusa, ele rasgou a camisa e o paletó. Foi um escândalo porque a nossa cumplicidade estava ali, na nossa pele e nos nossos atos, pra quem quisesse ver.

A vovó falava com a maior dificuldade, agora ela parava no meio da conversa, parecia que faltava o ar.

– Que foi, vó?

– Nada. Eu estou aqui pensando com os meus botões se você me entende. Afinal pode ser que o Pietro tenha errado, a sua avó também. Nós temos a certeza da metade de uma verdade. Mas sessenta anos de luta por uma tatuagem no peito é uma prova de vida, você não acha?... Fazia tempo que eu não via o Pedro, que bom que ele veio me ver. Agora, Pietro, apaga a luz que eu preciso dormir.

Eu apaguei a luz e a vovó morreu.

Morreu uma borboleta tatuada.

Morreu a certeza da metade de uma verdade.

Morreu a minha avó.

Tatuagem ainda não faz o meu gênero, mas de hoje em diante eu estou em greve geral.

AS BORBOLETAS COPULAM NO VOO

Essa história não é bem uma história. São confissões de borboletas urbanas que andam voando por aí. É só dar uma olhada e lá estão elas aos pares, em turma ou mesmo sozinhas nos quatro cantos deste país de borboletas tropicais. Elas são fissuradas em borboletear. Sobrevoam à altitude dos quinze anos e já pensam em casar.

Umas são borboletas femininas, outras são borboletas masculinas, todas elas brincam de fazer sexo explícito no ar.

Só o nome delas dá uma quadrilha armada de *skate* capaz de tirar faísca do asfalto ou até invadir o planalto central. João, Teresa, Raimundo, Maria, Joaquim, Lili e tantas mais. Uma borboleta que tivesse a cara de pau de se chamar J. Pinto Fernandes tinha mais é que se mandar porque isso aqui não é história e borboleta com o nome de Pinto não tem nada que entrar. Qualé! Estamos ou não estamos numa república de borboletas jovens! Ponto final.

Um dia pode até acontecer um grande desastre amoroso entre elas. Algumas podem inventar de fazer guerrilha urbana, ir pros Estados Unidos ou até se suicidar. O que não está com nada é passar a vida em cima do muro, cai não cai.

Mas enquanto esse tempo não chega, elas brincam de esconde-esconde com seus pincéis coloridos no maior clima emocional.

É incrível como borboleta jovem faz e não faz amor no voo. O macho pincela gostoso as anteninhas da fêmea. A fêmea dá uma de gostosa e faz pirueta no ar. É uma brincadeira que ata e desata, é uma transa de ir com tudo e não estar a fim. Jogo de esfrega-esfrega de pele, o desejo na portinha do desejo, e lá se foi mais um botão. Às vezes olho com olho, beijo de língua e depois *tchau*, coração. Borboleta é amarrada no pique da sedução.

Mas dói, ah como dói gostoso quando pinta uma transa no ar.

Confissão do João

Gosto e acabou. Sou ligado na Teresa e fim. Só que ela mora no Campo Limpo, eu no Mandaqui. É muito pé na estrada pra ela me falar que sente muito mas não gosta de mim. Pelo menos, não gosta do jeito que eu gosto que é com o maior tesão. Amigo o cacete, Teresa. Eu quero é me casar com você. No ano que vem, eu já vou ter título de eleitor, garota. É mole?, eu escolho o presidente que fica no planalto do caramba e não posso escolher você! Menina é broca mesmo. Por isso que tem tanto político nesse país. É mais fácil descolar uma grana em Brasília do que fazer a cabeça de uma mulher. Não entendo essa garota. É pobre, não tem pai, nem terminou o primeiro grau e fica fazendo doce comigo. E tem mais, é magra que nem dá pra encarar. Minha mãe é que tem razão mesmo quando ela me fala que eu tenho mais é que chupar um prego e me ferrar. Mas um dia eu me mando pros Estados Unidos e ela vai ver. Tiro uma fotografia pelado em cima da Estátua da Liberdade que vai sair em tudo que é jornal. S.O.S. Teresa, sobe aqui no alto e vem me pegar.

Confissão da Teresa

Raimundo ou João? É melhor eu dar uma de nem te ligo e continuar fazendo contatos à distância com os dois. É que o Raimundo é muito distraído, nunca se ligou que estou todinha na dele. E João é igual a todo homem baixinho, só sabe dar uma de machão. Baixinho e machão, mas é ele que me dá uma secada de olho que eu perco a respiração. Imagina que outro dia eu pus uma calcinha de *lycra* e ele percebeu. É claro que não falou nada que ele nem é besta de falar. E gostoso mesmo é ficar se bicando de longe, sem essa de vir logo metendo a mão. Incrível é que eu gosto mesmo do Raimundo, mas sonho toda noite com o João. Já sonhei correndo dele num túnel que ia dar numa lagoa azul. Acordei toda molhada, acho que mergulhei fundo com o João. E teve aquele outro sonho, nós dois sentados na asa de um avião. Quando ele veio com aquela manha de pôr uma flor no peito, não teve outra – eu empurrei lá de cima o João. Respeito é bom e eu gosto. Uau! Que coisa mais careta eu falei, pareço a minha mãe. Esquece, o meu tipo mesmo é o Raimundo, é uma coisa de pele, falou? E depois ele já tem barba, calça 41 e está no colegial. Só que ele me trata como uma menina. E isso ele não faz com a Maria, que dá a maior esnobada nele, porque o negócio dela é com o Joaquim. Também ela pode, né! Tem mais peito do que eu. Mas se eu sou chegada no Raimundo, por que eu sonho com o João? Ah, se eu pudesse pular amarelinha nas nuvens e transar a vida inteira com os dois!

Confissão de Raimundo

Maria, você é um avião. Que boca, que pernas, que mulher! No outro dia eu dei um malho nela e ela me deu um chute no meio das pernas que eu urrei. Fiquei sem voz, doeu pra caramba, mas eu gostei. A Maria dói gostoso, a Maria machuca bem. Quando ela me chama de panaca, eu fico tarado, meu. É a maior loucura. Um dia ela estava distraída e eu enfiei os três dedos na boca dela. Foi um barato – ela me mordeu com tudo e eu nem tirei a mão. A marca ainda está aqui, ó! É sinal de estimação. O que será que eu ia sentir se ela me chupasse a jugular? Acho que eu virava o maior vampiro da zona sul. Não dá outra, cara. A Maria está no meu sangue, essa mina entrou em mim. Só que ela me judia gostoso, mas na hora H ela me deixa na mão. Na mão mesmo, entendeu? Se eu pudesse, se desse mesmo, eu fazia a Maria agora. Não tem nada não. Um dia eu sequestro a Maria direto pra Via Láctea e vai ser a maior guerra de estrelas no espaço sideral.

Confissão de Maria

Eu tenho opinião, nem vem que não tem. Pensando o quê? Que eu nasci pra ser objeto sexual! Comigo é assim, escreveu-não-leu-pau-comeu. Veio com onda pra cima de mim, vou dando porrada. É uma questão de nível, igual pra igual. Não tem nada que me deixe mais p. da vida do que ver uma garota se babando porque um carinha, muito do babaca, vem chegando numas de passar uma cantada. Assim, na maior. Acho o fim como elas são amarradas em motoqueiro de brinco mascando chiclete. É claro que eu gosto de uma paquera, mas tem que ser ali, com o maior sentimento, morou? Por isso que eu adoro levar o Joaquim na traseira da minha moto. Pena que ele é uma besta, tem medo de mim. É que esses caras morrem de medo de mulher liberada, assim feito eu. Fazer o quê? Tenho que pagar o preço da minha independência com a solidão. Pô, que frase! Quem foi que disse isso? Eu? Não me interessa mais, agora a ideia é minha e acabou. O que eu preciso mesmo é dar uma brecada num sinal vermelho pra ver se esse brocha do Joaquim cai em cima de mim. Será que ele não se manca que se ele não pegar na minha cintura eu perco o equilíbrio e posso cair? E por que ele não aprende a guiar a minha moto e me leva pra lua? Ah, deixa pra lá.

Confissão do Joaquim

Passei água oxigenada no cabelo e nada. Vesti meu agasalho de couro com 38 graus de temperatura e nada. Decorei um poema de Carlos Drummond e nada. Será que a Lili é autista? Ela não dá a mínima pra mim. Acho que a Lili é burra. É, mulher burra não tem coração. Também eu fui inventar que vou fazer Filosofia. Acho que ela está mais pra jogador de futebol. E se eu botar fogo na escola, será que...? Não, é melhor apagar a luz e pôr o travesseiro no meio das pernas. Quem não tem uma Lili, inventa uma, sacou? Isso se chama lógica. Essa noite você não me escapa, Lili.

Confissão da Lili

Meu negócio é outro, nada a declarar.

Ficha de Leitura

João borboleteava Teresa que borboleteava Raimundo que borboleteava Maria que borboleteava Joaquim que borboleteava Lili que nem chegou a borboletear.

EROS DE LUTO

Existem borboletas que vivem sem trégua, elas adoram se ferir.

São asas suicidas que chegam a se fingir de mortas para não enfrentar o pássaro assassino, o grande predador. Elas quase sabem que a vida é cheia de pássaros assassinos, que os predadores estão por toda parte, mas só conseguem fechar os olhos numa permanente guerra interior. Preferem beber do próprio veneno, rasgar as asas nos espinhos, voar excitadas pela dor.

É que viver para elas é muito parecido com morrer.

Aparentemente são iguais às outras borboletas. Têm um perfume para chamar a atenção e um pó colorido no corpo que vai marcando o caminho da viagem. Algumas só se movem com o crepúsculo na hora em que o sol se esconde no horizonte e a luz é um declínio de tons. A maior parte do tempo, a existência delas é quase invisível aos olhos, só aparecem para o mundo quando querem se matar. E o líquido grosso e transparente que elas expelem pelo abdome é uma tristeza anônima, aguda, incolor.

Augusto era como uma borboleta noturna e suicida, desde muito pequeno vivia tentando morrer.

Sempre que a mãe, o pai e os irmãos faziam orações antes de uma refeição quase miserável, ele pegava um garfo e ia espetando a coxa, os joelhos, a barriga da perna, até ferir o calcanhar. Algumas vezes chegava a sangrar. Para a família, que só entendia o mundo através do que vinha de pai para filho, Augusto era obra de Satanás. Mesmo assim, concordavam que era preciso ter paciência e saber perdoar. Afinal, também as ovelhas negras podiam merecer, quem sabe, o reino dos céus.

Dentro dessa vida branca de calma, as marcas dos predadores não apareciam e Augusto continuava tentando morrer.

Depois de algumas investidas frustradas, desistiu de ligar o gás e enfiar a cabeça no forno do fogão. Sempre aparecia alguém para socorrê-lo e ele passava dias com dor de cabeça, vômitos, diarreia e uma terrível irritação no nariz. Tinha época em que entrava em greve de fome e passava vários dias no mais completo jejum. Mas acabava invertendo o processo e se intoxicava com o primeiro alimento que lhe caísse nas mãos. Chegou a comer um cacho de bananas, macarrão cru e quase todo o açúcar do mês. Esses excessos de gula e abstinência provocavam nele o prazer da punição.

Além disso, sentia sempre um forte desejo de atear fogo na roupa, se atirar de lugares altos, cortar os pulsos com a navalha do pai. Não se arriscava. Tinha medo de ficar paralítico ou apenas deformado, sem conseguir fazer aquela ultrapassagem cheia de trevas para o além. Imaginava que o enforcamento pudesse ser uma saída segura, mas parecia suicídio de homem efeminado ou coisa de mulher. Quem sabe então se um tiro nos ouvidos não seria a solução? Impossível, não tinha revólver. E mesmo que tivesse, podia ter o azar de nem ficar surdo e passar o resto da vida escutando conselhos e orações.

Um dia foi interrompido no momento em que se preparava para tomar veneno de rato com guaraná. Acabou levando uma surra com fio de ferro, ria e chorava vendo a mãe histérica clamando pelos céus. Passou um tempo sentindo um mormaço no corpo, uma carícia no peito, ficou quase feliz.

Maltratar o corpo fazia bem.

Sempre que a tarde caía, ficava depressivo, não conseguia morrer com o dia, sentia apenas que uma sombra ia cobrindo o seu coração.

Começava a caminhar pelas calçadas de olhos fechados, gostava de ouvir as brecadas dos carros quase encostando nele no final de cada quarteirão. Era bom demais andar nos limites do perigo, solto e livre, pronto para ser arremessado para uma outra dimensão.

Mas era muito difícil morrer.

No dia em que ouviu dizer que muitas borboletas morriam depois que punham os ovos e os escorpiões se suicidavam com o próprio ferrão, ficou excitado. Sem precisar ficar olhando fotografias de mulheres nuas, sentiu o sexo latejando. Parecia que tinha dobrado a curva do horizonte e encontrado uma tribo de pessoas iguais. Vestiu a camisa bem aberta no peito, comprou um maço de cigarrilhas e passou a tarde acompanhando os carros da avenida Paulista fascinado por uma ideia. Tinha um desejo, uma vontade incontrolável de se atirar contra o mundo e receber de frente a velocidade de um caminhão. Mas na Paulista o engarrafamento era intenso, e os automóveis e os ônibus pareciam tartarugas sonolentas, incapazes de projetar os seus dezessete anos para um espaço infinito na sua duração. O que Augusto sentia era uma paixão sem destino, invertida para o lado de dentro das coisas, mas paixão.

Permaneceu parado numa das ilhas, pensando na sua entrada na morte com uma cara rebelde de James Dean. Fumou todas as cigarrilhas, achou que a cabeça estava envolvida por uma auréola de pólen lunar.

No final da tarde, um carro amarelo apontou numa das pistas mais livres. Ele hesitou um pouco, depois se atirou. Acordou no outro dia num quarto de hospital. Como as paredes eram muito brancas, ficou muito indeciso. Será que tinha entrado para a história dos suicidas ou estava vivendo a monotonia do céu?

Tímido, ele continuou a viver e a andar devagar. Era cuidadoso com as palavras e, durante a noite, ensaiava pequenas atitudes para os casos de emergência. Como despistar os colegas intrusos, fugir das perguntas dos vizinhos, evitar grupos e multidões. Queria o mínimo da sua aparência, quase não aparecer.

O exercício constante de Augusto era chegar perto do silêncio, falar menos do que o necessário, desistir sempre que possível e só de vez em quando não desistir. Como se achava estranho e estranhava as pessoas, agia como uma bomba que precisa estar imóvel e controlada em frente dos outros, porque dentro dela existe um desastre nuclear. E enquanto a morte não vinha, ia rasgando os livros da biblioteca, queimando roupas com a brasa do cigarro, atirando pedras nas vidraças e nos postes de luz.

Passou a ficar assustado com o rosto no espelho. Os olhos ainda eram castanhos, o nariz persistia ossudo e a boca continuava carnuda como dois gomos inchados de calor. Mas a palidez aumentava, as olheiras se acentuavam, a barba ia criando raiz. E tinha também aquele monte de espinhas que cobria a testa e o meio das faces. Augusto pensava que elas se multiplicavam porque ele se masturbava demais. Espremia uma por uma até sangrar. Era bom e necessário castigar a pele mais uma vez.

Gostava também de cortar as unhas bem rente à carne, curtindo as picadas da tesoura, entrando pelo sabugo dos dedos. Sempre que podia, ia nadar e nadava bem. Mergulhava fundo e permanecia o maior tempo debaixo da água, experimentando a sufocação. E passear bem devagar no meio dos prédios em construção também era atraente. A qualquer momento um tijolo podia despencar lá de cima, provavelmente do céu.

Uma vez ou outra Augusto se movia depressa. Entrava e saía da sala de aula sem explicação. Depois se trancava no banheiro e passava a manhã lendo histórias de suicidas famosos, vivendo o prazer clandestino de conversar com uma outra tribo de iguais. Daí ficava com uma fisionomia alucinada, sentia que se tornava um misto de Romeu e Julieta, meio Maiakóvski e meio Marilyn Monroe.

Mas o que ele gostava mesmo era de ficar dentro da noite. Trancava a porta do quarto, tirava toda a roupa e permanecia na janela, procurando com uma luneta as estrelas mais distantes da Terra. Não sabia por que fazia isso, apenas sentia que era bom entrar em contato com as distâncias e ficar inventando mulheres no céu. Depois que avistava uma estrela, largava a luneta e fechava os olhos para imaginar a estrela-mulher. Cada uma passava a ter um nome, um rosto, uma história. Iam ficando mais próximas, excitantes, esfregavam um lábio no outro, chegavam a respirar.

Irene tinha coxas roliças e boca de pedir beijo. Era caixa de um banco e se maquiava exageradamente. Rosa tinha sofrido um acidente de automóvel e, para ganhar a vida, passava o tempo numa cadeira de rodas, dando aula de francês. Sempre que ela pronunciava *pommes de terre, citron, biscuit,* parecia uma ninfeta abrindo os botões da jaqueta de brim. Elas eram muitas e todas tinham um jeito especial. Sofia transpirava na nuca, Telma era despudorada, Lígia vivia solta e feliz. Como as estrelas, elas apareciam e sumiam na noite. As que permaneciam mais tempo na fantasia de Augusto eram a Zulmira e a Leonor.

Zulmira era preta retinta e vivia espaçosa dentro da sua cor. Usava mil trancinhas grudadas no couro cabeludo, falava pouco e estudava teatro com muita seriedade. Era diabética, mas resolvia o problema tomando uma injeção de insulina todas as manhãs. Augusto imaginava os seios dela com dois bicos enormes, às vezes ficando roxos, azuis.

E o sexo crescia perto daquela boca meio aberta e vermelha de batom.

Leonor tinha jeito de moça antiga. Usava saia, casaco e uma blusa alvejada de anil. Andava sempre com uma medalhinha presa por um alfinete dentro do sutiã. Às vezes o alfinete se soltava e aparecia no branco da blusa uma mancha de sangue. Era a mais familiar, tinha nascido de um filme de Fassbinder bem antes de ser achada no céu.

Mas a grande estrela das noites de Augusto era uma loira que voava deitada num colchão de água quente. Era vaidosa, tinha gestos atrevidos e fazia sinais obscenos para ele subir. Ela se chamava Nadja, ficava meio de costas e o que mais aparecia era o dorso nu e a ponta dos pés. Um dia Augusto subiu na janela, sem lembrar que estava sem roupas. Fechou os olhos e recebeu o choque de um balde de água fria que o vizinho atirou:

– Pervertido, eu tenho duas meninas inocentes aqui.

Augusto ficou tão envergonhado que travou as janelas e abandonou por um tempo o seu harém. Mas chegou uma noite em que ele acordou todo suado, com uma excitação que amolecia umas partes do corpo e latejava no centro como a dor de um parto que não tem espaço para se expandir. Arrancou uns pelos da perna, tentou morder a palma da mão e acariciou o sexo com violência. Parecia estar esgarçando a pele espessa do prazer. E foi como uma lufada que o líquido grosso e leitoso espirrou do centro dele e foi escorrendo pelas coxas de Irene, pela nuca de Sofia até manchar o traje impecável de Leonor. Gozou na inocência de Lígia, se lambuzou no batom de Zulmira, beijou os pés de Nadja querendo demais fazer uma zorra no espaço sideral.

Dormiu sentindo um cheiro indefinível que só podia ser perfume de sêmen astral.

De manhã acordou e abriu a janela. Estava ansioso para sentir como era a atmosfera depois de uma noite de bacanal. O dia estava nublado, havia vestígios na cama e ele decidiu que devia lavar bem depressa os lençóis.

Numa certa noite, a família fazia orações à mesa e Augusto estava quase conseguindo furar o calcanhar. Foi nesse exato momento que um grito de mulher invadiu a sala. Vinha de uma das casas vizinhas e era tão cortante que pareceu dividir a noite em duas partes iguais. A família continuou imóvel, em estado de oração. Apenas Augusto saiu. Correu e mal sabia que estava correndo para um grito do mundo pela primeira vez.

A mulher chorava, blasfemava a miséria da vida, parecia expelir sangue pela voz. Os vizinhos olhavam por trás das janelas como se assistissem a um espetáculo numa cabine de proteção. Alguns recuavam com os gritos, outros arriscavam um nariz.

No momento em que Augusto chegou diante da casa, um homem saiu batendo a porta. Tinha as roupas rasgadas, marcas de unhas no rosto e os olhos vermelhos de chorar. Entrou num carro, arrancou disparado e a mulher continuou a gritar. Augusto foi atravessando o portão. Empurrou a porta e encontrou a mulher caída no meio de louça, discos quebrados, livros e quadros espalhados pelo chão. Assim, jogada no chão, era difícil saber se ela era feia ou bonita. A idade também parecia indefinível. Além de estar meio bêbada, tinha o rosto coberto de hematomas, um corte no canto do olho esquerdo e a boca paralisada, sem expressão.

Ergueu o corpo com dificuldade, gaguejou uns palavrões. Foi tateando pelos cantos da sala à procura de alguma coisa. Encontrou um maço de cigarros e se sentou largada num sofá. Riscou um fósforo e os olhos se acenderam para Augusto:

– Agora ele nunca mais vai voltar. Eu matei uma coisa de nós dois.

Embora o sangue cobrisse todo um lado do rosto, os olhos escuros da mulher faíscaram. Era como se o negro do olhar tivesse diversas camadas, ficasse de repente com um fundo de luz. Augusto entendeu que tinha um sentido de vitória no olhar triste e cheio de raiva da mulher.

Foi até o espelho, olhou o rosto, espalhou o sangue com as mãos. Depois pegou uma garrafa de conhaque e encheu meio copo. Tomou um gole, cambaleou pela sala e caiu gritando:

– Desgraçado, ele quebrou todas as minhas coisas, mas eu acabei com uma coisa de nós dois.

Augusto estendeu as mãos para levantar a mulher do chão, mas ela já estava dormindo sobre o tapete. Ele cobriu o corpo dela com uma manta, molhou a testa com um lenço úmido e saiu.

Durante uma semana esperou meio excitado que um outro grito acontecesse, mas a casa permaneceu num silêncio total.

Num dia em que ela chegava do supermercado, ele estendeu novamente as mãos para carregar os pacotes e ela aceitou. Foi assim que a história deles começou e percorreu um caminho de confissões...

...
– Eu só desisto das coisas, Cecília.
– Não é proibido desistir.
– E morrer?
– Não vem com bobagem, Augusto. Você nunca quis morrer.
– E eu queria o que então?
– Aparecer. O suicídio não é só uma questão de tentativa, o suicídio é uma questão de método. Se você quisesse morrer mesmo, já estava morto.
– E você gosta de viver?
– Acho que ainda não.
– Por isso você não quis a criança?
– Não foi só isso não. Eu abortei porque eu queria matar uma coisa que fosse minha e dele.

Ele destruía os meus trabalhos de cerâmica e eu arrebentava com os discos dele. Um estava sempre acabando com uma parte do outro, não sobrava lugar para mais ninguém.

– E eu sinto um vazio que parece que eu vivo fora de mim.

– A vida que eu queria não aconteceu. Nem terminei a faculdade de Filosofia. Casei, fiquei desempregada, ele também. Era por isso que ele me batia na cara e eu metia o pé no saco dele. Era porque a história que a gente esperava não aconteceu. Um descontava no outro e ninguém fazia nada.

– Então volta a estudar, agora.

– Não, o meu começo está lá no Paraná. Foi lá que eu nasci e tem muita coisa pra visitar.

– No Paraná?

– É. Você sabe o que significa Paraná? É um braço de rio que fica separado por uma ilha e é essa água que eu vou procurar.

– E você vai logo?

– É só vender o que tenho e eu volto pra lá. Vou fazer cerâmica bem devagarzinho numa cidade chamada Ponta Grossa. Mas isso vai ser só o começo, porque eu tenho uma outra ideia. Eu vou alfabetizar adultos, que é uma coisa que eu já fazia desde menina. Mas antes, acho que era só uma brincadeira. Agora eu sei que ensinar e aprender a ler é juntar as pessoas na aventura do conhecimento. É essa a viagem que eu vou fazer.

...

Enquanto Cecília foi contando o que tinha sido e o que podia ser a sua vida, os hematomas sumiram e ela pareceu ter saído do fundo de uma dor para mostrar a sua porção de mulher. Era morena encrespada, tinha cabelos tão longos e pesados que chegavam a balançar como a crina felpuda de um cavalo. O negro dos olhos era bem negro, e a boca e o nariz eram generosos sem serem demais. As covinhas nas faces davam um ar de traquinagem e os seios, dependendo da roupa, pareciam saltar.

Ficava às vezes desesperada. Achava impossível se livrar das paredes daquela casa e voltava a beber. Depois se arrependia, jogava as garrafas no lixo e parecia romper todas as paredes como se já estivesse no Paraná.

Augusto esqueceu por um tempo de morrer. Ainda caminhava de olhos fechados pelas calçadas, mas de repente abria todos os sentidos para sentir a presença de Cecília no final de cada quarteirão. Ficou sem passado e sem futuro, apenas sentia a sua pulsação voltada para a dor e a alegria de uma mulher. Permanecia quase sempre ali, ocupando todas as brechas do tempo para ir nascendo junto com o que ela queria fazer nascer:

– Eu vendo as minhas coisas e vou direto pro Paraná. É incrível como às vezes a gente precisa voltar. É um desejo sem tamanho de visitar uma parte da gente onde a gente não morou direito.

No outro dia Augusto voltava com ares de visita. Trazia flores ou um livro e a viagem ficava mais perto, o Paraná se tornava um país.

...

– Mas você é contra ou favor do aborto, Cecília?

– É difícil explicar. Eu sei que sou dona do meu corpo, mas a coisa é mais complicada. Acho que muita mulher que tira um filho não tem muita opção. É o mundo que decide por ela e isso é o fim. A gente devia abortar primeiro o que está fora de uma barriga, me entende?

– Acho que eu entendo sim.

– Quando eu estiver no Paraná, vou tentar refazer a minha vida. Sabe de que jeito? Decifrando com as pessoas cada letra que for aparecendo. Parece loucura, mas eu sinto que vou escrever uma história que ainda não aconteceu.

...

Numa certa manhã Cecília apertou as mãos como se quisesse enterrar na palma o mapa de uma cidade. Teve medo de enfrentar as pessoas, fazer trabalhos de cerâmica, traçar aquelas letras que já estavam escritas para uma longa travessia pelo sul. Estava deitada imaginando um pássaro por trás da vidraça, pronto para atacar. Ficou com vontade de beber, porque o Paraná foi morrendo lá longe, no próprio fluxo caudaloso de um braço de rio.

Mas Augusto chegou tão de repente que, mesmo na entrada da sala, já estava perto demais.

...

Ela na cama, ele na porta, os dois se olharam decididos para dentro dos olhos e, como se um fosse a melhor parte do outro, esqueceram quem era o homem e quem era a mulher naquele quarto pequeno que pareceu um livro se abrindo propositadamente em páginas de amor. Ela se achou mais vivida do que ele, tinha mais anos. Ele se sentiu mais ávido do que ela, tinha mais urgência de amar. Longa aprendizagem dos dois através de *flashes* de vida e de morte, tudo ali. Gestos e conversas num convívio diário, agora resumidos em duas presenças, duas metades de morte e desejo que foram aos poucos penetrando a timidez do silêncio até tocarem o contraste simples e calmo da nudez. Ele estava nu, ela estava nua.

Cecília sentiu que a cama era familiar como um segundo corpo e que ainda guardava séculos de amor para ela. Augusto imaginou que o amor devia ser feito de asa de borboleta. Fino, frágil e transparente, sem que se pudesse ver o que existia do lado de lá. No contato da pele e dos pelos, eles sentiram que a cumplicidade do quarto juntava todas as distâncias e que a adolescência dele era um corpo bom para entrar e ficar dentro do corpo dela, um corpo de mulher.

– Você é bonito sem roupa, parece um desejo com todas as cores.

– Você é bonita largada assim, parece uma barriga cheia de gravidez.

Ele ia para todos os lados dela e ela esperava que ele esfregasse o corpo em todos os poros, entrando pela barriga e os seios, quase respirando dentro do seu coração. Foi então que ele mordeu o lábio inferior, porque precisava de um pouco de dor para ter a certeza do prazer. Sangrou de leve a boca e rompeu a primeira camada do amor. Depois foi tateando os caminhos do corpo, beijou a testa, a boca e os ombros dela, e os dois sentiram um gosto de sangue e suor que parecia mesmo ser o gosto dos dois.

Talvez um pássaro assassino espreitasse por trás da vidraça, mas eles continuaram acomodando as partes, abrindo a pele, apalpando os segredos com tranquilidade e surpresa como se estivessem vivendo e morrendo pela primeira vez.

...

Dois meses se passaram e finalmente chegou a hora de Cecília partir.

Nesse dia os dois tinham se tornado uma única voz:

– ... os livros já estão na mala. Escrevo, escrevo sim. Sabe que não é difícil eu me encontrar com você lá no Paraná. Abotoa meu vestido, espreme essa espinha pra mim. Para de fumar, para você também. Será que as portas estão fechadas? Só preciso entregar as chaves da casa e adeus. Onde está aquele lenço? E aquela fotografia assinada com batom? Eu quero pra mim. Já avisei minha mãe que eu vou chegar de manhã, minha mãe não para de rezar pra você sumir logo daqui. Fecha o gás, você é divina, você é obra de Satanás. Não enche que eu estou atrasada, você vai e eu fico, nós dois vamos chegar.

Quando a conversa era um carinho sem sentido, Cecília começou a chorar. Mas chorou segurando as lágrimas, queria ir logo para não ter que pensar. É que a presença distante do marido ainda era um grito que vivia dentro dela, uma dor com duas faces iguais. Por isso começou a duvidar da partida, pegava e largava a mala, de repente sentiu uma vontade incontrolável de beber um copo de álcool de um gole só. Pensava no marido e sentia que não conseguia esquecer uma coisa que era dele e dela, um aborto que era dos dois.

– Que foi, Cecília?
– O Paraná é tão longe.

Augusto percebeu que ela vacilava e foi ficando pequeno como uma lagarta assustada – não sabia o que fazer. Caminhou pela sala, e tentou lembrar uma frase de efeito, queria demais parecer para ela um homem capaz de agir. Desistiu e lembrou que tinha o direito de desistir.

Mas foi no exato momento em que ela virava uma garrafa de conhaque num copo que ele

decidiu. Pegou uma faca, apontou para ela e gritou:
– Vai que já está na hora de você ir.

Os dois riram assustados, ela deixou o copo cair no chão. E os cacos espalhados pela sala pareciam gritar para Augusto que a morte corria também em outras direções. Então ele sentiu que explodia os automóveis da Paulista, afogava mulheres rezadas, enfiava a cabeça de um homem com terno e gravata no forno do fogão.

Ela pegou a mala e da porta apenas sussurrou:
– E se eu disser que estou grávida outra vez?
– De quem?
– Dessa vez deve ser só de mim. Tchau.
...

O tempo passou com a revoada de borboletas. E num dia em que a família rezava quase sem destino, Augusto percebeu que há muitos meses não feria o calcanhar. Cutucou o joelho com a ponta da caneta e continuou a escrever:

"Estou lendo a vida das borboletas e é incrível esse mundo animal. Elas mudam de pele várias vezes e muitas delas só conseguem viver escondidas, elas voam em espiral. Eu ainda me escondo, mas agora eu já sei que existem pássaros assassinos em todos os lugares e por isso mesmo não vale a pena morrer. Que bom se você já estiver voltando, quem sabe um dia a gente se encontre. Mas se não der, eu também vou escrever aquela história que ainda não aconteceu. Se lembra?"...

A REVELAÇÃO DE CLARICE LISPECTOR

... estou indo para uma coisa que pode doer mais do que o que já está doendo em mim. Não importa. Mesmo doída estou tentando apertar o peito para não deixar escapar a dor que o livro me pôs. Será que foi o livro que fez eu me doer toda assim ou foi o livro que acordou uma dor que já doía aqui? Agora eu sei que tem livro que esvazia da gente o que a gente pensava que tinha. E se despeja como uma enchente de palavras com ponta, cruéis. Estou indo meio que parada para uma porta, uma porta fechada, estou indo sem ir. Mas o medo que eu tenho não é a minha dor maior. Não, não é coragem que me falta para abrir a porta da diretoria deste colégio e entrar. É cuidado, cuidado para não tropeçar num degrau e quebrar a minha descoberta no chão. Vou entrar, em algum momento eu vou atravessar esta porta feito uma lâmina de sol. Só assim, só assim eu posso ser a luz mais iluminada dessa enorme catedral. Preciso entrar dura e direta como uma arma engatilhada para eles. Eles mentem e, se eu não for o tiro mais preciso que alguém já pôde ser, a mentira deles fica sendo a minha verdade. Toda a escola é uma mentira que soa ameaçando. E depois eu cheguei a um ponto que não posso chegar antes nem depois da minha vida. Tenho que ser a bala e o revólver apontados para as pessoas que estão dentro desta sala e decidem o destino das outras pessoas. Difícil é que não sei como eles estão. Sentados? Em pé? Devem estar num clima de julgamento e a minha entrada pode ser a hora mais exata de minha vida. Ou a hora mais fatal. Basta eu errar o erro que está dentro de mim e adeus invasão. E este erro é tudo que eu tenho, é a única segurança que me garante um desafio. Por isso estou vivendo uma espera que parece um desvão na minha corrida para o mundo.

Me ajude, alguém precisa me ajudar porque não posso ficar parada dentro de uma viagem. É que estou me sentindo divina como uma moça cheia de Deus. E o Deus que eu descobri não é um sinal de Deus que os catecismos me ensinaram. O Deus que eu sinto e cabe dentro de mim é uma coisa boa e má. É divino como o perigo de abrir uma porta, é sensível como a frente nua de um corpo se esfregando pelo chão, é vivo como eu.

    Tenho que entrar de uma vez. Tenho que ser apenas Ana com dezesseis anos e as três letras do meu nome de acordo comigo. Ana que não fica mais voando baixo por cima das coisas como uma borboleta encurralada de vento, uma corrida sem direção. Tenho que ser o máximo de mim para abrir uma porta e revelar uma coisa que eu vi sem saber ainda se é verdade ou não.

    Eu li um livro que abriu dentro de mim uma passagem dura e estreita. É um livro que não tem nome porque se chama Saber. Agora é impossível não ir, é demais o inferno de ficar esperando em frente de uma porta que eu devo abrir. Vou:

    – Eu já posso entrar?

    – Ainda não, Ana. O diretor está conversando com o professor Dantas. Os seus pais e os outros professores também estão lá. Depois ele chama.

    – Mas eu preciso falar.

    – Agora é impossível. Senta e espera.

    A secretária não me deixa entrar e eu espero. Ela não me deixa entrar porque toda autoridade é uma parte ruim da vida, é um erro de Deus. Se eu pudesse escrever de novo a Bíblia, ia colocar em negrito que toda secretária é uma vaca doente, é um animal imundo que faz mal. Criava uma lei para quem bloqueia as passagens, e qualquer obstáculo de saia seria expulso da terra. É só chamar uma coisa de imunda que ela deixa de existir. Foi assim que Bíblia foi escrita, foi assim que o mundo se fez. Basta o professor Dantas ser chamado novamente de imundo e vai ter que se calar. Se esta sala disser que ele é mais um dos bichos imundos, ele nunca mais vai poder dar aula de literatura, será mais uma mudez. O mundo é sempre o mesmo, nem sei o que os homens fizeram depois da criação. Acho que foram chamando de imundo tudo o que podia ser perigoso e a vida ficou represada por um dique de palavras cruéis. Agora eu já sei. Se eu quiser, entro na sala e digo que o professor Dantas é imundo, e ele morre com o som da minha voz.

– O novo professor de literatura é uma bicha asquerosa – alguém segredou no meu ouvido naquela manhã. E foi com nojo de uma coisa travestida em outra coisa que eu imaginei o professor. Na minha sonolência perversa de menina maldormida pensei no ridículo de um homem cheio de barba com sapatilhas de balé.

Espera, espera que eu ainda preciso contar para mim. Tenho que dividir com alguém o que me aconteceu. É uma descoberta tão úmida e tão morna que chego a me sentir cheia de água, toda fluvial. Talvez ninguém se interesse por isso que eu não compreendo ainda, não sei direito o que vi. Mas preciso me livrar.

É um ódio dentro do amor.

Às vezes eu tenho tanto ódio que preciso

lembrar do rosto dele, senão fico completamente sozinha na vida.

Mas por que eu sinto essa delicadeza de raiva, Clarice? Era uma terça-feira de chuva miudinha quando ele entrou no terceiro colegial pela primeira vez. Chuva minguada, manhã escondida, professor de poucas palavras – o dia não queria acontecer. Fez a chamada como uma velha egoísta contando moedas. Limpou o pó da mesa, enxugou o suor da testa, assoou o nariz, tossiu. Que nojo! Era meio baixo, jovem e quase bonito. Mas de uma beleza guardada no avental. Tinha uma cicatriz. Uma cicatriz que saía de uma das pálpebras e às vezes parecia uma piscada vermelha e meio purulenta, mas era só uma cicatriz.

De repente ele se sentou sobre a mesa, abriu o avental esparramando as pernas com um certo cuidado e deixou vir uma feminilidade toda viril. Parecia um garoto querendo ser seduzido, um homem cheio de mulher. Aquilo me incomodou, o professor era o contrário de alguma coisa que não me deixava pegar direito o lado da inversão. Afinal ele era ou não era o que diziam dele? Eu que só sabia entender por imagens vi sobre a mesa um carrasco todo enfeitado de flor.

A aula correu e não vinha nada dele que não fosse uma lista de indicações de leituras que eu podia fazer deitada na cama comendo chocolate com recheio de licor. Fui ficando sem espaço na carteira, a manhã estava condenada a um tédio de ser aluna do terceiro colegial. Não sei por que me deu vontade de me vingar. Então eu pensei em transar com um poeta byroniano e depois atirar o Álvares de Azevedo pela janela como uma bolota de papel laminado que não tem serventia depois do bombom.

 O professor tinha gestos agitados, era igual a uma virgem que vivesse na selva se assustando com os animais. Quis desarrumar a estante de livros que ele queria me impor, fiz uma pergunta enfiando o dedo no nariz:

 – E se eu não quiser ler todos esses livros?

 – Não leia. Pelo seu jeito você deve ser dona do seu nariz.

 Os colegas riram e ele me olhou com um rosto branco e infeliz.

 Sempre achei insuportável qualquer tipo de fraqueza nos outros. Resolvi dar um tempo para aquele homem que parecia ter relações só com as suas ideias, ele que não era mais do que um bicho passivo querendo ser professor. Viajei, era impossível ficar diante daquela monotonia e não viajar.

 Virei a cabeça para a janela do lado da minha carteira e pensei em tudo o que acontecia na minha vida e em tudo o que ainda podia acontecer. Tudo o que fazia da minha vida uma vida toda boa dentro de mim. Eu sempre agia assim quando pressentia uma aula errada. Era como ficar dentro de uma caixa de vidro blindado, protegida por campos elétricos e à prova de som. Era bom porque viajar pela janela não me impedia de olhar para ele. Que bom se eu tivesse uma janela agora e pudesse ver depois da vidraça duas mãos me esperando. Escuta, Clarice! Escuta, professor! Eu ainda tenho tanto o que contar...

De vez em quando eu olhava para ele e ele parecia ter crescido um pouco mais. Era estranho! Parecia estar ficando mais homem e de repente mais mulher.

Desliguei.

Pensei em viajar direto para a Argentina ou para qualquer outro lugar onde eu pudesse comprar pencas de bijuterias. Não é que eu gostasse tanto de enfeites, mas tinha urgência de me cobrir com detalhes fingindo não ligar. É que bijuterias nos dedos, nos braços, na roupa me davam uma identidade toda pessoal. Um dia eu ainda iria comprar joias de marfim na África do Sul.

Apertei no dedo o meu anel de ametista e me senti uma Ana inteira, sem começo e sem fim. O broche de borboleta na jaqueta de brim me dava um ar de displicência correta, como se eu pudesse ser elegante com desprezo. Esse era o pique da minha aparência, o clímax de mim. Era como eu poder abrir as pernas nas rodinhas de amigos sem nunca chegar ao ridículo de me arreganhar demais. Eu tinha uma felicidade bem nos limites de uma ousadia medida palmo a palmo. Qualquer coisa que me fazia ser atrevida e ingênua a ponto de viver dizendo que tudo valia a pena sem saber bem o porquê. Fazer amor com cuidado, confessar a metade de um segredo superíntimo, atiçar o mundo da janela do meu quarto. Era como se eu vivesse hermeticamente guardada numa casa cheia de portas e pudesse ter a qualquer hora todas as chaves. Eu estava destinada a nunca precisar arrombar portas para não ter que atravessar uma porta essencial.

Mas agora eu estou pedindo socorro em frente de uma porta fechada porque não posso mais caber no meu quarto ideal. É que perdi o começo da lição e, quando voltei a prestar atenção na aula, o professor já estava ali. Tinha se transformado numa palavra escrita a ferro e fogo na lousa e eu não podia mais apagar.

Com aquelas mãos pequenas, o que eu julgava ser um traço dos homens sem caráter, agora ele falava sem timidez. Parecia um monge que passa séculos enclausurado e um dia resolve sair do templo para revelar um enigma guardado no além. Mas não tinha mistério no que ele dizia, era simples e límpido como pedrinhas n'água vistas a olho nu. Ele era a própria nudez de uma voz que tem a ênfase de falar por dentro das palavras. Só. Eram coisas simples, literariamente simples o que o professor Dantas sabia dizer.

Tossia com frequência no meio das frases, tirava o cabelo da testa, depois ficava em silêncio como se o eco das suas palavras continuasse a falar. Caminhava pela sala, parava de vez em quando pra pescar com o olho e com a cicatriz uma dúvida estampada num rosto, respondia com uma tolerância irritante todas as questões. Toda vez que ele passava perto de mim, eu desviava os olhos para a janela querendo ferir lá dentro da sua literatura. Fingia um descaso total.

Ele todo simples e límpido e femininamente ereto, me fazia mal.

E foi nesse clima de tortura dos olhos que ele falou de Clarice Lispector e Ela apareceu.

Ele pegou um caderno amarelado de mãos franzinas e nervosas e fez a apresentação:

– Ouçam isso que Clarice escreveu: "Eu sei de muito pouco. Mas tenho a meu favor tudo o que não sei e – por ser um campo virgem – está livre de preconceitos. Tudo o que não sei é minha parte melhor: é a minha largueza. É com ela que eu compreenderia tudo. Tudo o que não sei é que constitui a minha verdade".

Fechou o caderno, permaneceu calado e de uma maneira meio que teatral, depois enfatizou:

– E por ser um campo virgem está livre de preconceitos.

Repetiu passando a ponta dos dedos na cicatriz:

– Preconceitos...

E finalizou:

– Se essas palavras não servirem de nada para entender a obra de Clarice, também não vão tirar nada de ninguém. Mas quem sabe não sejam uma pista para ler o livro *A Paixão Segundo G.H.*

O sinal tocou e ele se retirou com uma arrogância de quem tinha dado demais.

Acho que pensei tanto no professor naqueles dias que acabei me encontrando com ele na saída do colégio, bem na passagem dura e estreita do portão principal. Ele estava conversando com um amigo, o amigo que esperava todos os dias por ele na mesma hora e no mesmo lugar. O outro usava óculos, era mais velho, não tinha cicatriz no rosto, não revelava nenhum sinal. O outro parecia apenas a sombra do meu professor, uma sombra esperando eternamente por ele no portão principal. Quem era aquele amigo? E o que é que juntava dois homens sorrindo na passagem dura e estreita de um portão formando um par? Será que eles se beijavam à noite antes de dormir? Ou eles eram apenas cúmplices de uma estranha cicatriz?

Como era difícil olhar para aquela alegria que nunca ia poder me incluir.

– É um amigo, Ana.
– Oi.
– Oi.

Adeus, que eu tinha mais era que desistir depressa de tudo o que estivesse depois dos portões. Adeus, que eu estava pisando num ar abafado e não podia olhar de frente dois homens proibidos num portão principal. Corri e apertei tanto a orelha que acabei trincando na pele o meu brinco de pressão. Eu corria e ia me sentindo traída por trás. Eu sabia que pecar era pecado, mas não era isso o que me castigava. O que me castigava era não saber pecar depois dos portões.

Estou pecando agora por não arrombar de uma vez esta porta e abrir todos os portões. Mas já que comecei, preciso contar a história do livro para depois entrar. Ah, se eu tivesse agora um livro nas mãos...

Comprei o livro e demorei bastante para ler. Antes de ler o livro, deixei o livro rolar de mão em mão. Não sei por que, ou quase sei, mas adiar a leitura me fazia bem. É que emprestar o livro era como me encher de brincos superofuscantes e silenciar o professor. Enquanto eu não abrisse o livro, eu ia desfolhando do corpo dele as flores que só uma mulher tinha o direito de usar. E depois o nome do livro era esquisito, não me provocava nenhuma atração.

G.H.? G.H.! G.H. – – – G.H. devia ser a abreviatura de um apóstolo, ou de um beato desconhecido, ou de um solteirão.

– Preconceitos, lá estava a palavra de Clarice.

A voz do professor acordou minha lembrança. E ressoou nos meus ouvidos como uma revolta de letras que chega para empurrar os tímpanos. Alguma coisa doeu que me fez rodar o bracelete de miçangas em busca de mais espaço numa algema. Eu tinha urgência de disfarçar a presença de um som. Mas a pulseira espatifou e a palavra foi afundando no meu labirinto até encontrar um lugar todo dela e ficar.

– Preconceitos, eu estava construindo o destino de um livro sem sequer ter aberto a primeira página e ter olhado a palavra inicial.

Li *A Paixão Segundo G.H.* esparramada na cama. Eu fui lendo o livro chupando balas de anis. Precisava de um pouco de desprezo para executar uma tarefa imposta pelo professor. O professor que se encontrava com um amigo num portão principal. Por isso estalava a língua no céu da boca para que a saliva de anisete tivesse mais sentido do que o livro que eu segurava nas mãos.

Logo de início me senti enganada. Para minha surpresa G.H. não era homem, G.H. era mulher.

Fiquei curiosa, mas a história demorava demais para acontecer. Era uma confissão sem fatos, uma história sem história, parecia a preparação de uma tragédia em volta de um simples copo de ar. Uma mulher sem nome, G.H.?, que vive sozinha no 13º andar de um edifício elegante e um dia se vê perdida na vida sem o menor motivo para se perder. Não conseguia entender por que tanto suspense no vazio. E por que ela chamava com insistência alguém para ouvir o que ela não tinha para dizer?

Eu lia o livro como se estivesse procurando o fio de um carretel de linha no meio do mar. Mas o fio não vinha, era só espuma com bala de anis e um estranho gosto de sal. Fui ficando com uma impaciência meio que mole, abria a boca e não conseguia bocejar, estalava os dedos sob a pressão dos anéis.

O livro não era bom, não sabia conquistar.

Eu gostava de livros que corressem com as palavras, histórias que acelerassem a virada da página, acontecimentos que fossem num crescendo até a palavra final. De vez em quando aparecia uma frase que fazia eu me ver:

"Dar a mão a alguém sempre foi o que esperei da alegria."

Mas era pouco, apenas algum brilho que adiava a grandeza dos livros que sabem contar histórias reais. Eu queria emoções de fato que me mostrassem a vida como tocar uma medalha no peito, morder um chocolate com a certeza do licor. Não tinha tempo para rodeios emocionais porque um livro tinha que me dar a garantia de uma história desde a palavra inicial.

Foi então que uma frase aconteceu e eu senti um coice bem no centro do coração:

"... foi só ontem e agora que descobri que sempre fora profundamente moral: eu só admitia a finalidade..."

Fechei o livro como se ele fosse um espelho posto propositadamente na minha frente para eu me olhar. Precisava de algum tempo para me ver. E agora eu não tinha nem a passagem dura e estreita de um portão para fugir. Resisti:

– Moral, eu? Só porque espero de um livro o mínimo que ele deve me dar? Uma história?

Desisti de lutar contra mim. Eu era profundamente moral como G.H., eu era um pedaço inteiro daquela mulher. Abri o livro na primeira página e resolvi ler cada palavra distraidamente, sem exigir da Clarice Lispector a palavra final. Acho que foi naquele momento que eu e Ela começamos a conversar.

Li três vezes o livro, li devagar, com o prazer da demora, e nas três leituras vivi a alegria difícil de G.H.

G.H. está sozinha no seu apartamento porque a empregada pediu as contas e partiu. G.H. é feliz e não é. G.H. vive bem com o que é disfarçadamente vivo. G.H. pinta quadros e conta alguns casos de amor nos dedos das mãos. G.H. é uma mulher de meia-idade e tem a felicidade de uma menina cheia de bijuterias na cobertura do 13º andar. G.H. olha a vida da janela e atiça o mundo com uma varinha de condão. G.H. tem nojo do que é imundo, do que fica depois dos portões. G.H. sente a liberdade fácil de estar só e resolve fazer uma limpeza no apartamento começando pelo quarto da empregada. G.H. vai abrir num dia de domingo a porta essencial. G.H. é como eu que estou diante de uma porta para fazer uma ultrapassagem perigosa. Para o espanto de G.H. o quarto da empregada é limpo, tudo está no seu lugar. Na parede tem apenas o esboço riscado a carvão de um homem nu, uma mulher nua e um cão. Parece um retrato dela, é o primeiro vazio de G.H. Então G.H. abre a porta de um guarda-roupa e do escuro do móvel aparece uma barata como um professor de mãos pequenas que existe para olhar. G.H. tenta esmagar o bicho na porta do guarda-roupa mas a vítima é seu carrasco existencial. A barata não morre, ela insiste em viver, a barata é cheia de asas como um corpo de homem cheio de flor. Por isso G.H. vai dar o segundo golpe. Mas antes G.H. olha os olhos vivos e escuros da barata e, quando ela olha os olhos da barata, ela se vê sendo vista pela barata e, quando se vê sendo vista pela barata, ela se vê. G.H. sente nojo, repúdio, atração. A barata é viva como a vida aparecendo numa coisa só viva. A barata é o olho vivo indicando um livro para um outro olho ler. Por isso G.H. se identifica com a barata que não é barata e comunga com ela o ato de viver. Agora G.H. sabe que a barata é imunda para o mundo, mas nenhum ser vivo pode ser a negação do mundo. *I-mundo* é *não mundo* e *não mundo* não existe. G.H. precisa provar o gosto da barata que é o mundo. Põe a barata na boca e fica imunda de alegria.

Agora eu sei que o livro era cheio de história, até nos espaços em branco tinha palavra querendo dizer.

Preciso abrir essa porta para enfrentar de uma vez a palavra querendo dizer.

Preciso abrir essa porta para enfrentar de uma vez uma barata viva como G.H. enfrentou:

– Posso entrar agora?

– Ainda não, Ana.

"Ainda não, Ana" é um jeito de me anular. Mas eu tenho todo o tempo e todas as palavras do mundo para esperar a minha entrada na sala e condenar ou absolver alguém que vai se denunciar. Alguém que chama de imundo o que não deve existir e existe. Não preciso mais de pulseiras, até meu broche de borboleta eu já perdi. Parece que agora eu já sei falar. E vou dizer as coisas como naquele dia em que todos os alunos se sentaram em círculo para discutir *A Paixão Segundo G.H.*

Lucas, o mais novo da turma, começou como sempre – desprezando o que nunca ia poder entender:

– Achei um saco o livro, professor.

– Um saco de quê?

– Sei lá... não acontece nada no livro, não tem ação. E depois não tem sentido uma mulher ficar perdendo tempo em frente de uma barata com tanta coisa pra fazer. Sabe que eu quase vomitei quando ela pôs aquela porcaria na boca.

Escovei os dentes e fiz gargarejo três vezes.
— Então o livro cumpriu a sua função.
— Não entendi, professor...
— Ele trouxe alguma inquietação. E com certeza não foi o livro que pôs o nojo que já existia em você.
— Pode até ser que sim, professor. É que lá em casa as baratas não fazem parte de nossa refeição.

Lucas disse isso com ironia e todos nós rimos meio nervosos, sem saber. O professor Dantas também riu, mas com uma solidariedade quase falsa. Depois inclinou a cabeça para o meio do círculo e falou como se estivesse jogando um anzol de algodão na água. Um anzol de palavras para um peixe muito especial:

— Alguém já disse que as pessoas se habituam com todos os absurdos da vida. Mas não se sabe por que elas não são capazes de conviver com o absurdo posto nos livros. Na ficção.

Ergueu a cabeça, acendeu um cigarro, continuou:

— Talvez a parte melhor da literatura é que ela sempre diz mais do que as palavras parecem dizer — enfatizou com os olhos bem abertos o professor.

— Mas uma barata é só uma barata. É difícil imaginar uma fruta com antenas e muitas pernas correndo pelo corredor — marcou presença Alice mascando descaradamente um chiclete.

– Pois eu digo que essa barata não é apenas uma barata como coisa alguma é apenas o que parece ser – voltou ele com uma segurança fria.

– E o que é a barata então? – perguntou alguém por todos.

– Não me parece por acaso que a barata, entre tantos seres vivos, seja o bicho escolhido para ser o protagonista de G.H. Ela é uma existência viva que entranha o nosso cotidiano e nós fazemos questão absoluta de não ver. Somos peritos em matar baratas com a sola do pé, sem olhar. E o pior é que às vezes matamos a parte mais viva da realidade com o mesmo gesto de quem esmaga a matéria viva de uma barata. Assim cumprimos o nosso perigoso papel.

Silenciou. Permaneceu mudo como se estivesse num deserto escuro, sem ninguém. E o silêncio pesado de todos foi tornando mais escura a sua exposição. Por um momento aconteceu uma agonia na sala, uma agonia minha e dele, a agonia de uma linguagem secreta que tinha urgência de se declarar. A barata não era apenas uma barata, a barata era mais. A barata vivia clandestina por debaixo da superfície das coisas, ela aparecia assustada no vão das portas, no canto mais solitário dos armários, uma fenda minúscula de chão. E ia vivendo mesmo assim. A barata existia viva e real ainda que todo o nojo do mundo se transformasse numa avalanche de cuspe para cobrir a sua existência. A barata era a parte secreta e proibida da vida que devia continuar sendo sempre nojenta porque seria muito perigoso não ser. A barata aparecia também depois dos portões, ela era mais e mais e mais. Eu era como uma barata viva, de uma pureza imunda que o mundo tinha posto em mim.

Que boba que eu era de não saber até aquele dia que toda a noção de imundice era o modo menos vivo de viver. Por isso a barata do livro era o símbolo...

– ... da matéria viva e imunda que grita eternamente dentro de cada um.

Quem disse isso? Clarice, ele ou eu?

Impossível saber, eu estava olhando a vida pela primeira vez. E ainda estou olhando para ela sem saber. É por isso que preciso de mãos que acariciem essa minha nova adolescência que agora é gritante e feroz. Mãos que me façam sinais para que eu saia de um mundo e entre num outro. Um mundo que é pura sedução porque eu me perco me achando.

Quem sabe um grito pudesse fazer a porta se abrir agora. Mas um grito pode ser um erro, ele assusta o mundo e a gente fica fora da vida. O olhar assustado do mundo é quase sempre uma lei que diz "você foi imunda quando gritou". É mais um perigo de se emudecer.

Emudecer..., não.

Não, eu não podia e nunca mais vou poder emudecer.

Eu apenas sentia, sentia tanto que podia tocar a emoção. E a emoção era um corpo ou uma voz ou um não sei o que colado dentro de mim. Falei:

– Eu sei como é o livro... Eu sei...

– E como é o livro? – ele perguntou vindo todo pra mim.

– É como uma coisa que vai acontecer...

– Continue, continue. Então você entende... – insistiu ele vindo mais.

– Não sei, mas parece que Ela quer descascar a vida. É como..., é como se Ela depenasse uma galinha para chegar até o corpo nu da ave. Mas querendo ir além da ave e da nudez...

– E o que mais, Ana? – ele me pedia com uma fome feliz.

– Eu não tenho nojo da barata. Se eu tiver nojo de qualquer coisa viva, a vida escapa de mim...

Abri o livro na página 67 e li:

"Eu me sentia imunda como a Bíblia fala dos imundos. Por que foi que a Bíblia se ocupou tanto dos imundos, e fez uma lista dos animais imundos e proibidos? Por que se, como os outros, também eles haviam sido criados? E por que o imundo era proibido?"

Todos me olhavam com medo, eu tinha cometido o ato proibido de falar. Eu não tinha resistido ao pecado de olhar a alegria de dois homens depois de um portão. Mas não era mau, eu estava me sentindo uma barata infernal, uma barata sem joias que vivia a coragem de se revelar. Eu tinha dado um passo dentro do começo de mim, o início de Ana. E foi assim que eu me entreguei à aventura irresistível do meu juízo final:

— Ela precisa provar o gosto da barata para viver o imundo. A barata é a descoberta da parte escondida da vida e esta descoberta se chama Deus. Deus está no ventre vivo da barata. Deus está em tudo que é real.

Senti que todo o meu corpo sorria, meu sexo sorria, Deus sorria dentro de mim. Talvez a minha boca não estivesse sorrindo, mas eu sorria como dois homens depois de um portão. Eu era o sorriso de um homem com um desejo de mulher. As portas da vida estavam abertas, eu tinha libertado todos os bichos imundos condenados pela Bíblia, a vida podia recomeçar.

— Concorda com ela, professor? — alguém perguntou.

— Sim — ele livremente se condenou.

Eu não sabia como ainda não sei, apenas fui. Tirei o último anel, caminhei até o professor e me entreguei. Ele estava branco e imóvel como uma vida querendo existir fora de um guarda-roupa, e eu precisava me aproximar mais. Foi então que eu senti toda a umidade do meu corpo vindo parar na minha língua e foi com um beijo úmido de uma coisa precisando demais de uma outra coisa que eu beijei a sua cicatriz. Lambi a pele áspera e fibrosa que me deixava agora pecar o pecado que estava dentro de mim.

Que prazer! – provei o gosto da água e vi a primeira cor de um espelho, enfim eu estava toda viva nele e ele estava todo vivo em mim.

O sinal tocou e todos saíram como um susto. E naquela saída assustada eu já podia pressentir o que aconteceu...

– Entra, Ana. O diretor está chamando.

Eu finalmente estou atravessando a porta e sinto que vou urinar. Estou cheia de palavras, parece que vou desaguar. Mas não vejo o professor Dantas na sala...?

– E o professor?

– Ele está doente, vai ter que se afastar um por um tempo.

– Mentira.

Ah..., eu que pensei que um beijo podia ser a maior prova de uma existência, a existência minha e dele. Ah..., Clarice, eu demorei demais em frente da porta e ele deixou de existir. O mundo escreve bíblias com uma rapidez impossível. Preconceitos...! Se eu pudesse lavar toda essa imundice deles com a água que está correndo pelas minhas pernas, se eu pudesse afogar um por um. Mas...

AVISO ÀS BORBOLETAS

Rompi minha crisálida.

Agora sou uma borboleta feliz e ansiosa que fia com urgência a sua história. Sei que a minha existência é breve e preciso projetar para o mundo o tempo em que hibernei.

No meu ciclo de larva eu já recolhia tudo – a metamorfose das cores, o veneno necessário, a experiência do mel. Involuntariamente eu me construía para o centro, sugava com as patas a seiva das plantas, me preparava para o dia de voar. Mal podia supor que as minhas asas seriam essa tatuagem de todas as formas, sobreposição de escamas cintilantes igual a um telhado suspenso no ar.

Asas, minha enseada e minha perdição.

Acho mesmo que as antenas aguçadíssimas

e os olhos sensíveis ao som vieram dessa minha vontade de ir sempre além.

É arriscado voar e é por isso que eu voo. Sou atraída por novas montanhas e desconhecidas planícies – não posso esperar porque o tempo que me pertence é uma única estação. Voo para estar na aventura do voo e voo também pelas borboletas domesticadas que perderam a ousadia de voar. São asas que se tornavam apenas ombros, e "os ombros suportam o mundo", como o Poeta escreveu.

Voo, voo sim. Já tenho até na asa esquerda algumas violências de pássaro que não são nenhuma ilusão de ótica. É ferida mesmo, marcas do bico de um predador que me avistou nas asas da descoberta e quis me prender. Me feriu, mas em troca recebeu o gosto do meu veneno. Não nasci para perpetuar apenas a doçura do néctar, a seiva que trago no corpo é também minha senha e minha arma.

Simples, a minha natureza é feita de círculos, de quebra de planos, de espirais. Não tenho nada a ver com o voo em linha reta, sou responsável por mim e pela aventura de outras borboletas, minha vida é transgredir. Afinal de contas voar é com os pássaros, e inverter o rumo das coisas, migrar sem descanso no horizonte da procura, é com as borboletas.

Por isso a minha história, aconteça o que acontecer, só deve valer para quem sabe que toda verdade é sempre um pedaço de uma outra coisa e que o voo mais urgente é revolucionar os jardins.

BIOGRAFIA DO AUTOR

JORGE MIGUEL MARINHO nasceu por acaso no Rio de Janeiro e logo foi morar em São Paulo para sempre, cidade que ele acredita ser sua paisagem interior e onde ele sente viver e escrever mais humanamente. Jorge diz que a Literatura é a expressão mais generosa que existe porque ela "sonha nas palavras o sonho de todos" e, mesmo quando ela fala da dor mais aguda de existir, nunca deixa de ser uma promessa de felicidade.

Ele fez Letras e mestrado na USP, é professor de Literatura, coordenador de oficinas de criação literária, roteirista, ator e locutor. Roteirizou o vídeo *Mário, um homem desinfeliz* em comemoração ao centenário de nascimento de Mário de Andrade, e protagonizou também o Poeta no filme. Escreveu peças e adaptações para teatro. Tem vários livros publicados, entre eles: *A visitação do amor*, prêmio FNLIJ de Melhor Livro para Jovens, *Na curva das emoções*, prêmio APCA e *Te dou a lua amanhã*, prêmio Jabuti. Recebeu três prêmios em poesia, dois pela revista Escrita e um pelo Paulicéia Desvairada, e tem contos publicados nos Estados Unidos e na França. Publicou também *O cavaleiro da tristíssima figura*, uma paródia sobre os heróis das histórias em quadrinhos e romances policiais, e recebeu o Troféu HQ MIX de 1996.

Com *Mulher Fatal – histórias de sabor explícito* – livro publicado em 1996 e já estudado em duas teses de doutoramento como expressão da Literatura Fantástica ou da narrativa poética no Brasil – o autor percorre a biografia de mulheres famosas como Edith Piaf, Mae West, Elis Regina, Carmen Miranda, Marylin Monroe e outras. Seus últimos livros são *Nem tudo que é sólido desmancha no ar: ensaios de peso, O amor está com pressa* e *Lis no peito: um livro que pede perdão*. Em 2004 representou o Brasil na coedição latino-americana promovida pelo CERLALC e UNESCO do livro *Subidos de Tono*, com o conto *Eros de luto*, que faz parte de *Na curva das emoções*, agora republicado pela Biruta.

Gosta de ler, cultivar os amigos, fazer bobagens – muitas –, viver e revelar o sentido da vida nas coisas mais banais. E escrever histórias possíveis e impossíveis.

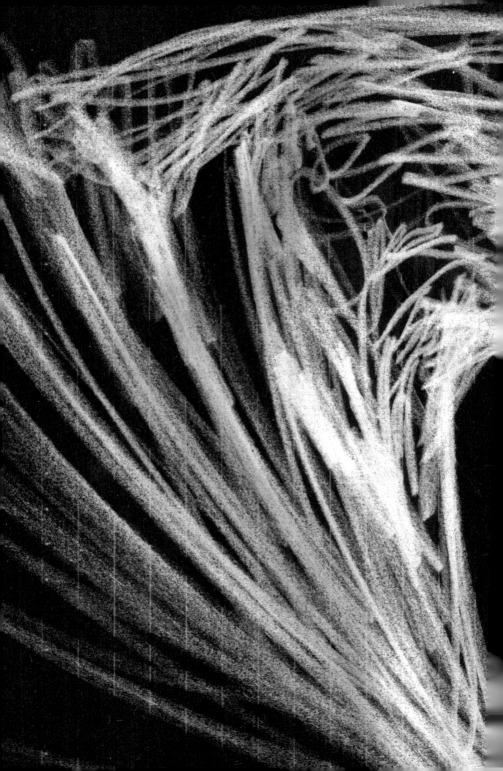

Impresso por :

gráfica e editora

Tel.:11 2769-9056